격렬하게 벌인 전투의 전말이다.

KB162840

10일.

내가 새 수첩을 사용한 지 이삼 일이 지났다.

그 사이에 나에게 일어난 중대한 일은 아래와 같다.

○ 다케코시 씨가 집에 방문. 함께 달빛 아래를 산책.

○ 해커 다구치로부터 회답 전보. 외국 함선에 관한 건.

○ 배를 먹었으나, 달지 않았다.

사소한 일에 고민하지 말지어다.

올바른 일을 달성하는 것. 아아, 나는 그 외에 아무것도 바라지 않는다.

"기다려라!"

범죄자를 쫓아 요코하마의 거리를 달렸다.

상점가는 오늘도 매우 혼잡하고 시끄럽다. 손님을 끄는 가게 사람들의 떠들썩한 목소리, 거리를 걷는 사람들의 웅성거림, 값을 흥정하는 손님의 목소리, 인력거가 동서를 가르는 바퀴 소리. 오른쪽 길가에서 싸움이 벌어져도, 왼쪽 길가의 사람은 눈치도 못 챌 게 틀림없다.

나는 길가의 떠들썩한 사람들을 밀어내며 범죄자를 쫓았다.

상대는 대단할 것 없는 좀도둑이다. 보석 가게에서 소동을 일으키고 상품을 빼앗아 달아나는 중이다. 값비싼 물건은 아니지만 잇달아 세 번이나 피해를 입자 상점가도 무시할 수 없었는지 잡아달라고 의뢰를 해 왔다.

네 번째 범죄를 일으킨 현장에서 도망치는 좀도둑을 쫓았다. 적은 다리가 얼마나 튼튼한지 속도가 줄어들 생각을 하지 않았다. 가게가 문을 닫은 뒤에 좁은 골목으로 도망치면 행방을 잃기 십상이다. 나는 시끄럽고 복잡한 길을 달려갔다.

"뒤쳐지지 마라, 신입!"

나는 뒤에서 달려오는 동료에게 소리쳤다.

"잠깐 기다려, 구니키다. 신발 끈이 풀렸어."

"그건 내가 알 바 아니다! 빨리 와라!"

뒤에서 느릿느릿 쫓아오는 사람은 직장 동료. 불과 얼마 전에 막 입사한 신입이다.

이름은 **다자이 오사무**.

문호
스트레이독스
다자이 오사무의 입사 시험

능력명【인간실격】

능력명【라쇼몽】

아쿠타가와 류노스케

다자이 오사무

목차

문호
스트레이독스

Bungo Stray Dogs

다자이 오사무의 입사 시험

01

아사기리 카프카 지음
하루카와 산고 일러스트
문기업 옮김

그야, 이상(理想)은 먹을 수가 없지 않습니까!

———구니키다 돗포 「소고기와 감자」

프롤로그

이상이란 무엇인가.

그 질문에 대한 대답은 무수히 많다. 의미심장한 말이다, 사상이다, 수많은 의미의 원천이다.

내가 보기에 그 대답은 명확하다.

내 수첩의 표지, 그곳에 적혀 있는 단어이다.

내 수첩은 만능이다. 수첩은 지침으로서, 주군으로서, 예언자로서 나를 이끌어 준다. 때로는 무기가 되며 열쇠가 되기도 한다.

이상.

그 수첩에는 내 모든 것이 적혀 있다. 항상 가지고 다니는 수첩이 내 미래의 모든 것이다.

저녁 메뉴부터 5년 후의 이사 계획까지.

내일의 업무 목록에서부터 우리 지역에서 파는 무의 최저가까지.

예정, 계획, 목적, 지침. 그 수첩에 적힌 모든 사항은 나에 의해 실현되기를 기다리고 있다.

과장해서 말하자면── 그 '이상' 이라고 적힌 수첩은 나에게 있어 미래 예언서라 할 수 있다.

　이상은 항상 그곳에 있다.

　나는 그곳으로 향하기만 하면 그것으로 충분하다.

　수첩의 계획에 따르는 한, 내 미래는 내 지배하에 놓이게 된다.

　미래를 지배한다.

　이 얼마나 빛나는 말인가.

　하지만──.

　아무리 이상이 밝게 빛나더라도 그것을 실현시키기 위한 길이 아득하고 멀어서 보이지 않는다면 그 반짝임은 가짜나 마찬가지이며 이상은 잠꼬대나 마찬가지이다.

　때문에 수첩을 열었을 때의 첫 페이지에는 이상에 가장 빨리 도달하기 위한 마음가짐이 적혀 있다.

　'해야 할 일을 해야 한다.'

　내 이름은 구니키다 돗포.

　현실 속에서 살아가는 이상주의자이자, 이상을 좇는 현실주의자.

　이것은 이상을 실현시키길 간절히 바라는 나와

　그것을 엉망진창으로 교란시키는 별 아래에서 태어난 어떤 신입 사원이

차분해 보이는 이름이다.

"아, 힘들어. 구니키다, 너무 빨라. 좀 천천히 좀 가자. 건강에 안 좋아."

"긴말 말고 얼른 뛰어라, 이 게으름뱅이야! 너 때문에 내 위장 상태는 최악이다!"

"축하해!"

"닥쳐라!"

이 다자이라는 남자, 실력도 경력도 불명, 의욕은 발가락의 때 정도. 엄청나게 제멋대로인 데다, 내 계획을 마구 망쳐 놓는다. 게다가 이 녀석의 취미는——.

"그런데 구니키다. 잘못하다 저 녀석을 놓치겠어."

마음속 생각을 방해하는 다자이의 목소리에 앞을 보니, 도주범은 가게 앞의 야채를 후려쳐 쓸어버리며 모퉁이를 왼쪽으로 꺾어 도망가는 참이었다.

나는 무심코 혀를 찼다.

그리고 기억 속에서 이 일대의 지도를 펼쳤다. 녀석이 도망친 곳은 울타리가 늘어선 좁은 주택가다. 숨을 곳도 도망쳐 들어갈 집도 산더미처럼 많다.

"봐라, 다자이! 네가 어물거리며 달린 탓에, 찾기 어려운 곳으로 도망갔지 않나!"

"뭐 어때, 계산대로인데. 그보다 자네, 조금 전에 엄청난 걸 발견했는데, 알고 싶지 않아?"

"그런 건 나중에 말해라!"

"실은 '완전 자살 독본'이라고 해서 말이지, 엄청난 희귀본이야. 계속 찾다가, 고서점 앞에 있는 걸 발견했거든——아, 빨리 안 돌아가면 누가 사 갈 텐데."

묻지도 않는 말을 계속 나불댄다.

"그렇게 죽고 싶으면 내가 쏴 죽여 줄까?!"

내가 그렇게 소리치자 다자이는,

"응? 정말? 미안하네."

쑥스러워하며 웃었다. 지금은 쑥스러워할 장면이 아니다.

이 남자, 일에는 전혀 진지하게 임하지 않으면서, 자나 깨나 자살만 생각한다. 나로서는 상상도 할 수 없는 세계이지만, 얼마나 편하게, 그러면서도 얼마나 값싸게 스스로를 죽음에 이르게 할 수 있는가를 매일 밤낮으로 진지하게 모색하고 있다고 한다. 즉, 자살 마니아다.

자살 마니아?

대체 뭔가, 그 무시무시한 단어는.

하지만 콤비를 이룬 동료가 어떤 엉뚱한 취미를 가지고 있든, 그 녀석이 얼마나 일을 방해하든 간에, 범인 체포 임무를 실패해서는 안 된다.

왜냐하면 '의뢰 실패'라는 문자는 수첩의 예정표에 적혀 있지 않기 때문이다.

범인을 쫓아 샛길로 꺾어 들어갔다.

꺾어 들어간 곳은 어둑어둑한 좁은 길. 사람 한 명이 겨우 통과할 수 있을 정도로 좁은 샛길이다. 양쪽이 산울타리로,

오래된 주택의 뒷마당이나 우물 등이 보였다. 집 앞에는 **빨래**가 나부끼고 있었다.

손에 든 휴대 단말로 주변의 지도를 불러 왔다. 화면에 우리의 위치를 나타내는 점과 그 주변의 건축물, 샛길이 표시되었다. 주택가 사이로 좁은 길이 가로세로로 **뻗어** 있는데, 만약 범인이 직진했다면 이전 시대의 창고가 늘어서 있는 옛 공장 지대가 나온다. 그곳으로 도망가 숨으면 발견하기란 거의 불가능에 가깝다.

저 앞쪽에서 점점 작아져 가는 도주범의 등이 보였다. 범인의 목적지는 역시 창고 지대인가.

"빌어먹을!"

욕이 튀어나왔다. 이 정도로 거리가 벌어져서는 도저히 따라잡을 수가 없다. 여기서 놓치면 녀석은 언젠가 또다시 범행을 저지르겠지. 의뢰를 한 상점의 경영을 위태롭게 하고, 탐정사는 악평을 하나 더 얻게 된다.

어쩌지. 어쩌면 좋지?

"자, 빨리 끝내고 책을 사야겠군. 저 녀석이 도망가지 못하게 방해를 하면 되는 거지?"

다자이가 씨익 웃었다.

다자이는 크게 숨을 들이쉬더니 멀리까지 울리는 목소리로,

"불이야!"

하고 외쳤다.

그러자 그 즉시 범인의 도주로 앞에 당황한 주민들이 뛰쳐

나왔다. 냄비 뚜껑을 든 주부, 잠이 덜깬 표정의 청년, 장기판을 든 노인. 계속 쏟아져 나왔다. 겁을 잔뜩 먹은 근처 주택의 사람들이 잇달아 뛰쳐나와 샛길을 막았다.

도주범은 어찌할 바를 몰라 했다.

도주로는 혼란스러워하는 사람들로 넘쳐 나 범인은 이러지도 저러지도 못했다. 협박을 해서 돌파하려 해도 사람들은 필사적으로 불이 난 곳을 찾느라 전혀 귀를 기울이지 않았다. 돌아가려고 해도 나무문이 열려 길을 막아 돌아갈 수 없었다.

"어때?"

"이 멍청이! 확실히 적도 막았지만, 이래서는 우리도 움직일 수 없다!"

"괜찮아. 왜냐하면 유능한 탐정 구니키다 돗포가 있으니까! 이렇게 활약할 기회를 만들어 줬으니 열심히 해 봐."

나중에 그 입을 꽉 꿰매 주마!

나는 애용하는 수첩을 열고 재빨리 글자를 써 넣었다.

'철선총(와이어건)'이라고 갈겨쓴 뒤 그 페이지를 찢어 내 종이에 생각을 불어넣었다.

" '돗포 시인' ——!"

이능력.

그것을 어떻게 실행하는가는 합리적으로 설명할 수 없다. 그냥 원래 그런 것이다라고밖에 할 말이 없다. 왜 수첩의 페이지인가, 왜 물리 법칙을 무시하고 형태가 변하는가. 이론적인 설명을 할 수 있는 자는 없다.

찢어서 생각을 불어넣은 수첩의 종이는 적어 넣은 문자 그대로, 한 정의 철선총이 되었다.

나는 옆 울타리에 뛰어 올라가 도주범을 향해 철선총의 총구를 겨눴다.

시선 너머에서는 퇴로가 막힌 도주범이 길을 막고 있는 시민을 위협하기 위해 품에서 권총을 꺼내려고 하는 참이었다.

이런 변두리의 좀도둑까지 권총을 가지고 있다니, 세상도 말세다.

아무튼 이렇게 사람이 밀집한 곳에서 총을 쏘게 할 순 없다!

나는 목표를 향해 철선총의 방아쇠를 당겼다.

철선총에서 작살 모양의 귀바늘이 사출되어 강철선을 늘어뜨리며 표적을 향해 날아갔다.

도주범이 내밀려고 했던 권총을 내 귀바늘이 튕겨 냈다. 귀바늘은 이어서 도주범의 옷소매를 관통해 등 뒤쪽의 벽에 박혔다.

"잭팟."

다자이가 서투르게 휘파람을 불었다.

나는 철선을 되감으면서 울타리를 박차고 뛰어올랐다. 다른 울타리를 한 번 더 차고 전진. 주민들의 머리 위를 날아 도주범의 눈앞에 착지했다.

도주범은 내가 고개를 들자마자 품에 숨겨 두었던 단검을 빼들었다.

도주범이 바로 코앞에서 단검을 휘둘렀다.

설사 내가 잠들었다 해도 초짜가 휘두르는 날붙이에는 당하지 않는다.

나는 가볍게 고개를 흔들며 단검을 피했다. 그리고 그러는 김에 범인의 팔꿈치와 손목을 간단히 제압했다.

그에 이어 그대로 손목을 비틀면서 상대가 휘두른 그 힘을 이용해 팔꿈치를 반대 방향으로 때려 주었다.

도주범이 공중에 떴다.

도주범은 공중에서 호를 그리며 높이 떠오른 후, 머리부터 벽에 부딪치며 떨어졌다. 무슨 일이 벌어졌는지 하나도 모르겠다는 듯이 깜짝 놀란 표정을 지은 채 졸도했다.

상대의 힘을 이용해 집어 던지는 천지던지기라는 기술이다.

깜짝 놀라 멍한 주민들이 나와 도주범을 번갈아 가며 바라보았다.

겨우 뒤쫓아 온 다자이가 주민들에게 말했다.

"여러분 감사합니다. 그리고 시끄럽게 해서 죄송합니다. 이제 괜찮습니다. 불이 났다는 것도 잘못된 정보이고요."

"다…… 당신들은 대체 누구지?" 주민 한 사람이 물었다.

나는 주머니에서 탐정 허가증을 꺼내 그 자리에 있는 모든 사람이 볼 수 있도록 높이 들며 말했다.

"걱정하시지 않아도 됩니다. 저희들은 무장 탐정사입니다."

1.

7일.

오늘 아침에는 비가 내렸다.

차가운 비가 주룩주룩 내려 마치 엄동설한 같았다.

바라건대 이상대로 살련다.

이상을 실현하기 위해 노력하련다. 두려워 말고, 포기하지 말고, 주저하지 말고 앞으로 나아가겠다.

장래의 영광을 꿈꾸지 않고, 매일의 직무에 충실한 자는 행복하다.

요코하마 항구 근처의 언덕을 오른 곳에 무장 탐정사의 사무실이 있다.

벽돌로 만든 불그스름한 건축물이다. 꽤 오래된 건물로, 바닷바람이 강해 빗물받이에도 전봇대에도 녹이 슬어 있다. 그러나 외관은 위험해 보이지만 튼튼한 건물로, 강도가 밖에서 머신건을 퍼부어도 내부에는 상처 하나 나지 않는다.

왜 그렇게 단언할 수 있는가 하면, 실제로 머신건을 퍼붓고 간 녀석이 있기 때문이다.

단, 탐정사가 실제로 사용하는 곳은 건물의 4층뿐으로, 그 외에는 매우 평범한 가게가 세 들어 있다. 1층에는 찻집, 2층에는 법률 사무소. 3층은 빈 층, 5층은 잡다한 물건을 놓아두는 창고. 찻집에는 월급날 전날에 자주 찾아가며, 법률 사무소에는 일 때문에 문제가 생기면 사과하러 간다.

나는 지금, 그 건물의 엘리베이터에 올라타 탐정사로 출근하려는 참이다.

그리고 엘리베이터에서 내려 무장 탐정사 사무실 앞에 섰다. 문 앞에는 간단한 붓글씨로 '무장 탐정사'라고 적힌 문패가 걸려 있다.

손목시계를 확인했다. 출근은 여덟 시까지이기 때문에 아직 40초 정도의 여유가 있다.

조금 일찍 도착하고 말았군.

시간 엄수가 내 신조이다. 40초간 기다리는 사이에 수첩을 열어 오늘의 예정을 다시 한 번 확인해 보기로 했다. 이미 아침을 먹을 때 한 번, 기숙사를 나올 때 한 번, 신호등의 불이 바뀌기를 기다리면서 한 번 확인했지만, 예정을 너무 많이 확인해서 죽었다는 이야기는 들어 본 적이 없다.

수첩을 읽으며 이미 다 외우고 있던 업무 예정을 되새겨 보았다. 옷깃을 바로 잡고, 다시 한 번 손목시계를 본다.

……좋아.

"안녕하십니까."

문을 열었다.

"아, 구니키다, 좋은 아침! 이걸 보게! 큰일이야!"

문 앞에는 초장부터 다자이가 있었다. 웃고 있다.

"드디어 내가 말이야, 도착했어! 아아, 이 얼마나 향기로운 세계인가! 이게, 바로 이게 사후 세계, 연옥이야! 역시 상상한 대로군, 보게! 연기가 바닥에 깔려 있고, 달빛이 창을 부수며, 서쪽 하늘에 복숭아빛 코끼리가 춤을 추고 있어!"

호들갑스럽게 몸짓을 섞으며 다자이가 사무실 문 앞에서 춤을 췄다. 방해다.

"우후후후후후, 역시 '완전 자살 독본'은 명저야! 뒤쪽 산길에 피어난 버섯을 먹었을 뿐인데, 이렇게 즐겁고 유쾌하게 자살을 할 수 있다니! 멋져! 우후후."

다자이의 눈은 초점이 맞지 않았다. 검은 눈동자가 작게 떨리고 있다.

"어…… 어떻게 좀 해 주세요, 구니키다 씨!" 사무실의 직원 한 명이 눈물을 흘리며 나를 바라보았다.

추측건대, 업무 시간 전부터 계속 이런 상태였던 듯하다.

다자이의 책상 위를 살펴보았다.

그곳에는 일전에 구입했다고 하는 『완전 자살 독본』이라는 제목의 신성 모독적인 서적이 어떤 페이지가 보이도록 펼쳐진 채 놓여 있었다. 페이지의 표제는 '중독사—버섯'. 책 옆의 접시에는 배어 물은 흔적이 있는 버섯이 하나.

게다가 잘 보니, 책에 그려진 버섯과는 미묘하게 색이 다르다.

"이봐, 구니키다. 자네도 저승으로 어서 와! 이거 봐, 술도 마음껏 마실 수 있고, 음식도 마음껏 먹을 수 있는 것도 모자라, 미녀의 향기도 마음대로 맡을 수 있어!"

"도와주세요, 구니키다 씨! 저희들의 힘만으론 어떻게 할 수가……."

즉, 다자이가 먹은 것은 치명적인 독을 지닌 버섯이 아니라, '약간 맛이 가게 하는' 버섯이겠지.

하지만 그것은 그것.

나는 매일 아침 출근을 한 직후에, 항상 정해진 순서대로 정해진 행동을 한다. 그날의 가장 처음으로 하는 일을 계획적으로 하지 않는데, 과연 그 후의 업무가 계획대로 진행될 수 있을까? 절대 계획대로 진행되지 않을 것이다.

몸을 비틀대며 다가오는 다자이와 울면서 매달리는 사무직원을 무시한 채, 나는 내 책상 앞으로 갔다.

나는 평소와 크게 다르지 않은 동작으로 책상에 가방을 놓았다. 그리고 컴퓨터에 전원을 넣었다. 평소와 같은 동작으로 창문을 열었다.

"우왓! 창밖에 거대한 말미잘이 있어, 구니키다! 바나나!

바나나를 먹고 있다니! 주변의 뾰족뾰족한 것을 하나씩 제거하고 있어!"

나는 평소와 하나 다름없는 동작으로 컵에 커피를 탔다. 그리고 어제 업무에서 발생한 불필요한 서류를 파기했다.

"그래, 알았어. 벗는 거야. 벗으면 시청률을 높일 수 있어! 간단한 일이었군. 벗자, 그리고 대신에 전신 타이츠를 입자! 다 같이 타이츠를 입고 은행에 가서 코삭댄스를 추는 거야!"

나는 평소와 하나 다름없는 동작으로 통신 선반의 전보를 확인했다. 그리고 커피를 한 모금 마셨다.

"목소리가 들려…… 으, 내, 내 머릿속에 있어! ……작은 아저씨가! 그리고 속삭이는군. 교토에 가라고. 교토에서 다른 곳과는 차원을 달리하는 본고장 *미소덴가쿠를 먹으라

나는 돌려차기로 다자이의 뒤통수를 날려 버렸다. 다자이는 벽에 충돌해 졸도했다.

O   O   O

애당초.

이 입사 시험을 보면 빵점을 맞고 탈락할 게 틀림없는 이 남자가 내 동료가 된 것은 불과 4일 전.

"신입 사원?"

---

* 미소덴가쿠(味噌田楽): 두부나 곤약, 가지 등을 꼬치에 꽂아 된장을 발라 구운 것.

어느 날, 자료 정리를 하고 있는데 사장실에 불려갔다.

새 조사원을 고용했으니 보살펴 주라고 한다.

의외였다.

칼과 주먹이 난무할 만큼 거칠고 위험한 세계에서 돈을 버는 무장 탐정사이지만, 조사원이 부족하다는 이야기는 들어본 적이 없었다. 나로 말할 것 같으면 부업으로 일주일에 두 번, 신쓰루야 학원이라는 학습소에서 대수학 강사를 하고 있다.

물론 최근에는 '창색기(蒼色旗) 테러리스트' 사건, '요코하마 방문객 연속 실종' 사건, 비합법 조직 포트 마피아와의 충돌 등, 무장 요원이 필요한 사건이 늘었다. 주력 조사원인 란포 씨의 활약만으로는 커버할 수 없을 만큼 거친 의뢰가 늘어난 것도 사실이다. 사장님의 결단은 그런 것들을 모두 감안하고 내린 결정인 것일까.

"소개하지. 들어오게."

잠시 아무 말 없이 생각을 하고 있는데, 사장님이 문을 향해 그렇게 말했다.

"안녕하세요~."

얼굴 가득 미소를 짓고 들어온 그 남자를 바라보았다.

회색 코트에 서양식 옷깃을 젖힌 셔츠. 큰 키에 마른 편, 검은 쑥대머리는 손질도 되지 않았을 정도로 몸가짐이 바르지 못한 모습이었지만, 얼굴은 어딘가 수려해 보이는 남자였다. 그리고 목과 손목에 두른 흰 붕대가 조금 신경 쓰였다.

"다자이 오사무. 나이는 스물. 부디 잘 부탁합니다."

스물. 나와 동년배인가.

"사원인 구니키다다. 모르는 게 있으면 나한테 물어라."

"오오! 소문으로만 듣던 무장 탐정사의 조사원입니까. 이거 감격이군요!"

다자이라고 자신을 소개한 남자는 억지로 내 손을 잡고 악수를 했다. 손을 호들갑스럽게 흔든다.

그때 문득―― 그 남자의 눈에 순간, 차갑고 날카로운 빛이 깃든 듯한 느낌이 들었다.

선배 사원을 냉정하게 평가하는 듯한. 아니, 내 심리와 인격까지 투명하게 만들어 꿰뚫어 보는 구름 위의 선인 같은――.

하지만 눈을 한 번 깜빡인 사이에 선인 같은 시선은 사라지고 다자이는 다시 맥이 풀린 표정으로 되돌아갔다.

잘못 본 건가, 눈의 착각인가.

정신을 가다듬고 내가 물었다.

"그런데 다자이, 왜 우리 탐정사에 들어온 거지? 여기는 부탁하면 들어올 수 있는 서당 같은 곳이 아닌데."

"그게 말이야. 할 일 없는 백수라 술집에서 횡설수설하고 있었는데, 어쩌다가 옆에 있던 아저씨랑 의기투합을 하게 됐거든. 술 시합을 해서 이기면 일을 알선해 준다고 하길래 그냥 어울려 줄 생각으로 승부를 했더니, 그만 이겨 버려서."

누구냐, 그 아저씨란 사람은.

"그분은 이능력 특무과의 다네다 선생님이시다. 어제 오셔서는 잘 부탁한다고 인사를 하고 가셨다."

사장님이 진지한 표정으로 그렇게 말했다.

하지만 아무렇지도 않게 나온 다네다 선생님의 이름을 듣고, 나는 숨이 멎는 듯했다.

내무성 이능력 특무과의 다네다라고 하면, 세상에 모르는 사람이 없을 정도로 유명한 정부 소속 특무기관의 중역이다. 업무는 이능력자의 관리와 정보 통제. 사장님이 무장 탐정사를 세울 때도 다네다 선생님에게 큰 도움을 받았다고 들었다.

아무리 사장님이라도 다네다 선생님이 추천한 사람을 그냥 돌려보낼 수는 없다.

"잘 부탁드립니다, 선배님."

탐탁지 않게 생각하는 내 마음을 아는지 모르는지, 우리 회사의 신입 사원은 흰 이를 드러내며 미소 지었다.

❂   ❂   ❂

하지만 내무성의 중진이 인정한 거물이든 아니든, 아침 일찍부터 버섯을 먹고 맛이 가버린 세계로 떠나서는 그야말로 민폐일 뿐이다.

다자이와 콤비를 이룬 지 오늘로 3일째.

한시도 마음 편히 쉬지 못하고, 일도 제대로 진행되지 않는 가운데, 불만을 호소하는 전보는 계속 늘어가기만 했다.

눈을 떼면 곧장 입수를 하겠다며 강에 뛰어들고, 편지를 직접 전해 준다고 하면서 술집에서 술을 퍼마시고, 하늘의 계

시를 받았다며 여자를 꼬셨다. 스무 살 어린이라고 해도 과언이 아닐 만큼 제멋대로 굴면서 내 예정을 계속해서 엉망으로 만들었다.

그렇지만 일은 일이고, 부하는 부하다. 보살펴 주라는 사장님의 지시를 받는데, 불과 3일 만에 우는 소리를 하면 사장님의 신뢰는 물론 탐장사의 사원이라는 긍지에도 흠이 간다.

"신입은 어떤가?"

탐정사 근처의 바둑 기원. 좁은 다다미방에서 사장님이 바둑을 두면서 물었다.

"대재앙입니다. 악마와 악령, 역귀가 같이 합체한 것 같습니다."

나는 노송나무 바둑판에 검은 돌을 놓았다. 반상 위에서 바둑돌이 놓이는 소리가 울려 퍼졌다.

"하지만, 어떻게든 해 보겠습니다."

퇴근 후, 나와 사장님은 단골 바둑 기원에서 바둑을 두었다. 아무도 없는 일본식 방에서 바둑판을 앞에 두고 무릎을 꿇은 채 마주 보았다.

"미안하군."

사장님의 흰 돌이 놓이자, 좋은 형세를 이어가던 내 우변이 어려운 형세에 몰렸다.

"아닙니다. 다네다 선생님의 부탁도 있으니까요. 하지만…… 선생님은 왜 그런 남자를 이곳에 소개해 주신 건지."

말을 하면서 수를 찾았다. 우하귀의 백 진영을 패로 몰아가려고 했지만── 기껏해야 늘어진 패밖에 되지 않는다. 좌변을 노린다 해도 중앙으로 뻗으면 아무런 의미가 없다. 더 이상 수가 없었다. 사장님과 호선으로 놓고 겨루려면 아직 조금 더 시간이 걸릴 듯했다.

"다네다 선생님은 호탕한 성격이지만, 인물을 보는 눈만큼은 매우 뛰어난 분이지. 그 젊은이의 비범한 재능을 꿰뚫어 보셨을 지도 모른다."

그렇다. 소문에 다네다 선생님의 안목은 그야말로 무시무시하다고 한다. 그렇기에 내무성 특무기관의 지휘라는 큰 임무를 맡을 수 있는 것이겠지.

하지만── '비범한 재능'? 그, 왼쪽 귀와 오른쪽 귀 사이에 흙탕물로 가득 차 있을 것 같은 남자가?

"나도 다네다 선생님과 같은 의견이다. 다자이는 사전 시험에서 필기, 실기 모두 만점으로 통과했다. 그 남자는 매우 뛰어나다. 그것도 아주 위험할 정도로."

"위험할 정도……라면?"

"다자이의 과거에 대해 사무 쪽 직원에게 조사해 보도록 했다. 하지만, 아무것도 없더군. 완전히 백지다. 군경 첩보부에 근무하는 막역한 친구에게도 부탁해 보았지만, 으스스할 정도로 아무것도 나오지 않았다. 마치 누군가가 세심하게 과거를 말소해 버린 것처럼 말이지."

군경의 첩보부도 과거를 알아낼 수 없다니, 확실히 이상하다.

"혹여 정말로 아무런 경력도 없이 그저 빈둥대고 있었던 것은 아닐까요?"

"그럴지도 모르지. 그렇지 않다면——."

평소보다 더 미간을 찌푸리면서 사장님이 계속 말했다.

"다자이가 지닌 이능력에 대해 들어 보았나?"

"아니요, 아직 듣지 못했습니다."

그러고 보니 이능력자라는 소리는 들었지만, 아직 그 힘이 어떤 것인지는 듣지 못했다.

"다자이의 이능력은 '닿으면 모든 이능력을 무효화하는 능력'이라고 한다."

귀를 의심했다.

이능력의 무효화. 얼핏 들으면 소박하고 대단할 것 없어 보이는 능력이지만, 이능력 중에서도 특히 이단적이라고 할 만한 것으로, 사용하는 방법에 따라서는 이능력 조직 하나를 무너뜨릴 수도 있을 만큼 비범한 능력이다.

나의 이능력 '돗포 시인'은 수첩의 페이지에 문자를 적고 수첩을 찢어 생각을 불어 넣으면, 수첩에 적은 물체를 실제로 만들 수 있는 능력이다. 단, 수첩의 크기보다 큰 물건은 만들어 낼 수 없다. 범용성이 높고 우수하다는 평가를 듣는 능력이지만, 그래도 '편리'하다는 범주를 넘지 못한다. 필요한 물건이 있다면 처음부터 들고 다니는 게 낫다는 말을 들었을 때, 딱히 반론할 만한 말이 없을 정도다.

단, 다자이의 이능력은 다르다.

이론적으로 다자이가 없으면 해치울 수 없는 적이 무수히 많이 존재할 게 틀림없다. 세계 최강의 이능력자도 다자이 앞에서는 그저 평범한 사람이 된다.

각국의 이능력자 조직이 모두 자기편으로 끌어들이려고 발버둥을 쳐도 이상한 일이 아니다.

사장님이 하고자 하는 말이 무언인지 점점 이해가 되었다.

"즉…… 이런 말씀입니까? 거물이신 다네다 선생님이 술을 걸치시는 술집에서 우연히 그런 재능을 지닌 사람이 옆에 앉아, 우연히 의기투합을 하게 됐다. 언동은 수상하지만 필기 시험에서 만점을 받을 만큼 머리가 뛰어난 남자가 지금은 그저 우연히 백수였고, 웬만한 연줄이 없이는 입사할 수 없는 무장 탐정사에 아주 순조롭게 입사했다. ──너무 일이 잘 풀린다는 말씀이신지?"

"지나친 생각일지도 모르지. 하나, 무장 탐정사에는 관청, 군경의 인맥도 많아. 직무상, 국가 기밀에 해당하는 정보를 다룰 일도 꽤나 많지."

그렇다. 범죄 조직의 일원이라면, 무장 탐정사는 경찰 기구와 많은 협력을 하기에 몰래 들어왔을 때의 이점이 매우 많다.

어쩌면── 다자이가 탐정사에 잠입한 간첩일지도 모른다?

거물이라는 다네다 신생님을 속여 완벽하게 이용할 정도의?

그 다자이가?

"구니키다. 너에게 그 남자의 '입사 시험'을 부탁하고 싶다."

나는 고개를 끄덕였다. 사장님이 말하는 '입사 시험'이란, 탐정사가 대대로 조사원에게 부여해 온 이른바 '비밀 심사'이다.

이걸 통과하지 못하면 진정한 사원으로서 인정받지 못한다.

"다자이를 일에 동행시켜 그의 영혼이 진짜인지 아닌지를 파악해라. 간첩, 밀정, 첩보원 등이라고 의심될 경우, 주저 말고 해고해라. 그리고 무엇보다도 만약 그의 영혼에서 사악하고 흉악한 낌새가 느껴질 때에는——."

사장님은 등 뒤에 준비해 둔 주머니에서 검은 자동권총을 꺼내 나에게 내밀었다.

"……."

나는 아무 말 없이 권총을 받아 들었다.

무겁다.

"네가 쏴라."

"네."

만약 다자이가 어떠한 간계를 꾸미고 있다면, 일이 벌어지기 전에 방지하는 것이 탐정사의 역할이다.

무장 탐정사의 탐정 허가증을 지닌 자에게는 경찰에 준하는 권한이 부여된다. 권총이나 칼도 조건부로 휴대할 수 있다. 경찰 조직에게서 정보도 제공받을 수 있다. 무엇보다도 조사 권한으로 인해, 마음만 먹으면 당국의 조사를 교란시키거나, 경찰 정보를 고의로 조작하거나, 중요 시설의 도청 도촬을 할 수 있는 등, 수많은 악행을 저지를 수 있다. 최악의 경우, 테러리스트로서 중요 시설의 파괴 공작을 하거나, 몇백, 몇 천의 사람 목숨을 빼앗는 것도 불가능이 아니다.

내 손안에서 철로 된 자동권총은 아무 말도 없이 차갑게 식어 있었다.

○　○　○

잔물결이 이는 후미진 해안가에 달빛이 자신의 모습을 흠뻑 적셨다.

요코하마의 항만이 보이는 혼잡한 길을 걸었다. 바닷소리는 초저녁의 떠들썩함과 경쟁했고, 달빛은 거리의 현란함과 다투었다.

길을 걷는 내 뒤를 다자이가 강동강동 뒤따라왔다.

다자이의 버섯 소동에 한나절을 소비하고 나서야 겨우 일을 할 수 있게 되었다.

"구니키다, 얼마 전에 선보인 네 이능력—— '돗포 시인'이었나? 한 번 더 보여 줘."

"거절하겠다. 이능력은 쉽게 보여 줘서는 안 되는 거야. 게다가 내 이능력은 한 번 사용할 때마다 수첩의 페이지를 소비한다. 이 수첩은 한 장인이 1년에 백 권 정도밖에 안 만드는 한정 생산품이라 가격도 비싸다. 네 앞에서 개인기로 보여 줄 만한 것이 못 돼."

나는 손목시계를 확인하고 뒤를 돌아보았다.

"그보다, 다자이. 조금 더 빨리 걸어라. 약속 시간에 늦겠다."

"시간이라니, 구니키다. 정보통에게 가는 시간은 따로 약속해 두지 않은 거 아니었어?"

"아니, 전화로는 '대체로 19시경'이라고 말해 뒀다."

"지금 딱 19시거든. 장소는 지금부터 걸어도 5분밖에 안 걸리니 늦을 리가 없잖아."

"멍청아! '19시경'이라고 하면, 당연히 내 시계로 18:59:50부터 19:00:10 사이의 20초간을 말하는 거다!"

"그런 시계를 가지고 있는 사람은 기껏해야 구니키다 정도야⋯⋯."

다자이가 투덜거리며 걸었다.

참고로 내 손목시계는 매일 아침 일어나자마자 전용 장치를 통해 표준시로 동기화되기 때문에 오차는 1초 미만이다.

"누군가가 해피 버섯을 먹은 탓에 하루 종일 일을 못 했으니 말이야. 두 번 다시 그런 건 먹지 마라. 먹으려면 제대로 치명적인 독이 있는 걸로 먹어."

"정말로, 즐거운 한때였어."

"이제 정말 괜찮겠지? 아직 하늘에 복숭아빛 코끼리가 보이는 건 아니겠지?"

"코끼리? 바보 같긴. 그런 게 하늘에 떠 있을 리가 없잖아. 떠 있는 건 자색의 짚신벌레뿐이야."

이 녀석, 이제 재기불능일지도 모른다.

다자이와 대화를 할 때마다, 의심을 하는 내가 바보처럼 느껴진다.

이 남자가 간첩? 사악?

이 남자가 할 수 있는 악행이라고 해 봐야 철도에 뛰어들어

운행 시간을 흐트러뜨리는 게 다가 아닐까.

만약 다자이가 그저 재미있고 무능한 사람이라면 얘기는 간단하다. 그냥 쫓아내면 그만이니까. 나로서도 그것은 바라던 바지만——.

"다자이, 이제부터 우리가 맡은 의뢰가 뭔지 기억하고 있겠지?"

"자색 짚신벌레 퇴치."

"……조금 전부터 어렴풋이 생각한 건데, 일부러 그러는 거지?"

"아하하. 그거잖아? '**유령 저택 조사**'."

다자이가 웃으면서 태연하게 하는 그 말을 듣고 나는 얼굴을 찡그렸다.

어제, 전자메일로 나에게 의뢰서가 도착했다. 메일의 내용은 이렇다.

삼가 아룁니다

무장 탐정사 여러분, 앞으로도 더욱더 건승하시기를 빕니다.

이번에 무장 탐정사 여러분들께 긴히 부탁드릴 것이 있어, 매우 바쁘시다는 것을 알면서도 펜을 들게 되었습니다.

다름이 아니오라 어떤 건물에서 밤이면 밤마다 기괴한 소리가 나 조사를 부탁하고자 합니다.

아무도 이용하지 않는 건물에서 밤마다 불길한 신음 소리,

속삭이는 소리 등이 들리고, 더 나아가 창문에서는 희미한 불빛이 반짝이는 등, 근처에 사는 저희들은 마음 편히 쉬지도 못하고 있습니다.

갑작스러운 부탁인 줄은 잘 아오나, 누군가의 장난인지 아닌지, 혹시라도 장난이라면 그 이유, 방법 등을 해명해 주신다면 무척 감사하겠습니다.

약소하지만, 별도로 의뢰 요금을 보내 드렸습니다. 부디 받아 주시길 바랍니다.

또한 매우 죄송하지만 이번 의뢰 내용에 대해서는 꼭 비밀을 지켜 주십사 부탁을 드리는 바입니다.

마지막으로 여러분의 건강과 행복을 바라면서 마칩니다.

감사합니다.

실로 완곡하게 에둘러 쓴 글이지만, 즉, '근처 건물에서 수상한 소리가 나니 조사해 달라'는 것인 듯하다.

이 글이 도착한 직후, 등기 우편으로 의뢰료가 탐정사에 도착했다. 안을 보니, 예정 경비를 빼도 시가 의뢰료의 두 배 정도가 들어 있었다.

이렇게 된 이상 거절할 이유는 없다. 평소에 하던 대로 조사는 한다.

다만── 걱정이 하나.

의뢰인의 이름이 없다.

의뢰인이 누구인가, 어디에 살며 연락은 어떻게 해야 하는가. 이래서는 전혀 알 길이 없다. 어쩌면 의도적으로 숨겼을 수도 있지만, 이래서는 조사 결과를 보고하지도 못 한다.

그래서 나와 다자이는 먼저 '의뢰인 찾기' 부터 해야 하는 처지가 되었다.

"혹시 의뢰인도 원한이 깊은 악령이 아닐지. 그래서 속아 넘어간 우리 탐정을 유령의 저택에 끌어들여 한입에 꿀꺽——."

"어리석은 소릴. 유령이 전자메일을 보낸다는 괴담이 세상에 어디 있나."

물론 유령이 상대라 하더라도 나는 무섭지 않지만 말이다.

쓸데없는 잡담을 하면서 우리들이 향한 곳은 항구의 창고 거리이다. 불그스름한 벽돌로 만들어진 많은 창고가 달빛을 반사해 어둠 속에 흐릿하게 떠올랐다.

우리들은 그 창고 중 하나에, 다른 곳보다도 한층 작고 낡은 창고에 발을 들였다.

천장이 높고, 벽의 회반죽은 바닷바람에 부식되어 벗겨져 있었다. 보관되어 있는 기계 부품의 철과 기계기름의 냄새, 그리고 오래된 먼지와 세월의 냄새를 맡으면서 사무실의 초인종을 눌렀다.

철을 때리는 듯한 기계 장치 소리가 울려 퍼지자 전자자물쇠가 열렸다.

"들어와."

그리고 실내에서 날카롭고 드높은 목소리가 들렸다.

몇 개나 되는 원격 자물쇠가 걸린 무거운 자작나무 문을 지나 실내로 들어갔다.

실내는 *다다미 스무 장 정도 되는 크기였다. 벽과 바닥에는 전자 기재가 쌓여 있었고, 다이오드가 깜빡이며 어둑어둑한 실내를 비추었다.

방의 안쪽 중앙에는 컴퓨터가 여러 대 늘어서 있었고, 들개가 낑낑거리는 듯한 냉각팬 소리가 들렸다. 그리고 책상 위에 네 장 있는 액정판에서는 각각 다른 화면이 푸르게 빛났다.

"여어, 안경. 오늘도 수첩에게 조종당하고 있나?"

"우쭐거리지 마라, 정보통. 회사에 있는 증거품을 보내야 할 곳에 제대로만 보내도 넌 10년 동안 감옥에서 썩게 될 테니까. 그렇게 되면 네 돌아가신 아버지가 눈물을 흘리실 거다."

"아버지 얘기는 꺼내지 마."

책상 위에 양다리를 올리고 상체를 크게 젖힌 정보통은 열네 살짜리 소년이었다.

가지런한 머리에 커다란 눈. 여름에도 겨울에도, 딱 한 벌 있는 흰 스웨터를 입는다. 몸은 작지만 눈빛은 깨진 유리처럼 날카롭다.

"그보다 지각인데, 웬일이야? 뭐야, 이거랑 데이트?" 소년이 새끼손가락을 세우며 간들거렸다.

"절대 아니다. 데이트란 결혼하기로 결정한 여성과 하는 것이다. 그리고 결혼 예정은 6년 후라고 수첩의 '장래 설계'

---

* 다다미 스무 장 : 열 평 남짓

페이지에 적혀 있다." 나는 수첩을 넘기면서 대답했다.

"뭐야. 안경, 결혼하기로 결정한 여자가 있었어?"

"4년 후에 그런 여성이 생길 예정이다."

"아, 그래……."

내가 수첩을 넘기면서 진지하게 대답하자, 소년은 눈을 둥 그렇게 뜨면서 고개를 떨궜다.

"이상과 계획에 따라 생활한다. 그게 어른이다. 배워라 소년."

"응…… 구니키다가 어떤 캐릭터인지 대략 알게 됐지만, 지금 건 좀 그렇네……."

등 뒤에서 여닫이문 사이로 다자이가 나타났다.

"어라? 못 보던 얼굴이네. 누구?"

"여어. 물론 이름을 밝혀도 상관은 없지만, 구니키다가 먼 저 할 말이 있는 것 같아서 못 하겠어."

"소년, 사람에게 이름을 물어보기 전에는 먼저 자신의 이름 을 밝혀야 한다. 그리고 다자이, 허가 없이 남의 언동을 미리 읽지 마라."

"안경은 정말로 '해야 한다'는 말을 좋아하는구나……. 뭐, 좋아. 나는 다구치 로쿠조. 열네 살. 직업은 해커."

"탐정사에 해킹을 하다가 적발돼, 나에게 내던져진 바보 다." 나는 정중하게 주석을 덧붙였다.

"좋아, 그 얘기는 이제 그만하자. 저기, 이제 그만 그때 통 신 기록 좀 돌려줘."

로쿠조 소년은 3개월 전, 외부에서 무장 탐정사의 정보 기록 소자를 해킹해서 탐정사를 혼란에 빠뜨린 전력이 있다. 물론 탐정사가 해킹 공격에 대한 대비를 소홀히 했을 리가 없다. 혼란이 수습되자마자 역탐지를 하여 이곳을 밝혀냈다.

결국 로쿠조 소년은 나에게 이리저리 추궁을 받은 끝에, 범죄의 증거가 되는 통신 기록을 군경에 넘기지 않는 대신, 정보통으로서 협력을 하는 우호 관계 조약을 맺게 되었다.

"그래서, 사전에 넘겨준 전자메일을 누가 보냈는지 알아냈나?"

"안경, 사람을 너무 부려 먹는 거 아냐. 조금 전에 보내 줬는데 벌써 찾았을 리가 없잖아. 조금만 더 기다려."

소년에게는 이번 건의 이름도 모르는 의뢰인이 어디 있는지 조사를 해 달라고 의뢰해 두었다. 전자메일의 역탐지는 로쿠조 소년의 기술을 생각했을 때 그다지 어려운 조건은 아니었을 터다.

"안 그래도 당신의 다른 의뢰—— '실종자 발자취 추적'으로 바빠. 그쪽이 먼저잖아?"

"그랬었지." 나는 고개를 끄덕였다.

—— '요코하마 방문객 연속 실종 사건.'

얼핏 보면 아무런 관계도 없어 보이는 피해자가 어느 날 훌쩍 없어져서는 그대로 돌아오지 않게 된 실종 사건이다. 실종자 수는 열한 명.

수사 본부가 발족한 지 벌써 한 달. 피해자의 공통점은 요코하마 외부에서 온 사람들이라는 점과 스스로 걸어서 모습을 감췄다는 점밖에 없다. 해결의 실마리조차 잡지 못했을 만큼 난항을 격고 있는 사건이다.

로쿠조 소년에게 부탁한 의뢰는 피해자가 실종되기 직전에 어떤 행동을 했는지 그 기록을 추적하는 것이다. 철도의 승차 기록이나 택시 기록 등으로부터 피해자의 발자취를 조사해 달라고 의뢰했지만, 일이 순조롭게 진행되고 있지는 않은 듯했다.

"그 사건은 뭐야. 처음 듣는데? 자세히 좀 가르쳐 줘 봐."

다자이가 흥미를 보이며 대화에 끼어들었다.

"나중에 다 말해 주지."

하지만 나는 가볍게 받아 넘기며 화제를 돌렸다.

물론 다 이유가 있기 때문이다. 나는 이 연속 실종 사건 해결을 다자이의 '입사 시험'에 할당할 생각이다. 정보는 적절할 때에 공개하고 싶다.

"흐~응. 신입 교육이구나. 안경도 출세했네?"

"이 상사가 또 꽤나 옹고집이라 난처한 참이야. ──아, 그렇지. 로쿠조 소년이었나? 자네, 해커지? 구니키다의 약점이라든가 없으려나? 남이 보면 곤란한 비밀 사진이라든가."

"이봐, 다자이! 사람이 보는 데 당당하게 협박거리를 찾지 마라!"

"오, 신입은 말이 통하는걸? 천 엔, 만 엔, 십만 엔. 어떤 코스가 좋아?"

"그렇게나 많아?!"

잠깐, 잠깐잠깐, 진정해라.

"헛소리 마라. 나에게 약점이란 없다. 꼬마가 허풍을 떠는 것뿐이다, 다자이. 상대하지 마라."

"……흐~웅." 나에게 의미심장한 시선을 던지는 다자이.

"못 믿겠으면 됐고. 난 나를 믿는 손님하고만 장사를 하거든. 그리고 안경이 먼저 돈을 준다면 증거 자료를 삭제해 줄 수도 있어."

"누가 돈을 내나. 나에겐 다른 사람이 봐서 곤란할 만한 정보 따위는 없다! 가자, 다자이!"

나는 다자이의 목덜미를 잡아당기면서 입구의 미닫이문을 재빨리 지나 밖으로 빠져나갔다.

　　……십일만 천 엔이라…….

○　　○　　○

밤이 된 창고 거리에는 인기척이 없다.

창고 거리 위에서 나와 다자이는 둘이서 연락을 해 둔 택시가 오길 기다렸다.

오고가는 차량의 빛이 길게 꼬리를 늘어뜨리며 지나갔다. 노란 그림자. 은색 리본. 붉은 빛에 산란되는 브레이크 램프. 희게 퍼지는 전조등이 건물의 그림자를 잘라 냈다. 차량의 창문에 반사된 전등불이 액체처럼 눈앞을 흘러갔다.

강한 바닷바람은 구름을 멀리 보냈다가 흩어 버렸고, 달빛은 항만 거리에 검은색과 흰색 그림자를 드리웠다.

"재미있는 아이였어." 다자이가 밤하늘을 올려다본 채 웃으며 말했다.

"녀석을 너와 만나게 한 건 내 실수였다. 부질없는 짓이라는 걸 먼저 깨달아야 했는데."

"선배, 하나 물어봐도 돼?"

"뭐지?"

"왜 로쿠조 소년을 돌봐 주는 거야?"

다자이를 보니, 표정이 매우 진지했다.

"소년에게 일을 주는 이유가 뭘까? 실종자의 발자취 정도야 탐정사에서도 충분히 찾아낼 수 있잖아? 이번에도 전화를 하면 끝날 일을 굳이 찾아오고 말이야."

나는 아무 말도 하지 않았다. 쉽게 대답해 주기 어려운 질문이다.

"슬쩍 이야기가 나왔던 소년의 아버지와 관계가 있는 건가?"

무심코 다자이를 바라보았다.

"정답이군." 다자이는 내 표정을 보고 웃었다.

"……로쿠조의 아버지는 우수한 경관이었다. 그런데 죽었다."

어쩔 수 없이 나는 이야기를 하기 시작했다.

"일전에 탐정사는 경찰과 협력해 한 범죄자를 쫓았다. 대형 범죄자로 나라나 기업의 시설을 몇 개나 파괴한 흉악범이었지. 경찰의 필사적인 추적에도 불구하고 녀석의 소재를 파악할 수 없었다."

"그건──'창색기 테러리스트' 사건인가?"

"그렇다."

우리나라를 뒤흔들어 군과 경찰을 모두 끌어들일 만큼 대소동으로 발전한 흉악 사건이다.

"우리 탐정사는 추적 끝에 드디어 녀석의 아지트를 발견하는 데 성공해 시 경찰에게 보고했다."

"큰 공적을 세웠군." 다자이가 감탄했다.

"그래, 분명 그렇지. 하지만 당시의 그 사건은 군, 공안, 시 경찰이 협력하여 움직였기 때문에 지휘 계통이 마구 뒤섞여 혼란을 겪고 있었다. 더 큰 문제는 범인이 이쪽의 움직임을 눈치채고 아지트에 틀어박혔다는 거지. 대량의 고성능 폭약을 가지고서."

기억이 되살아났다. 수화기에서 들리는 시 경찰의 고함 소리. 포박하라. 대기하라. 이리저리 오고가는 모순된 지령.

"혼란스러운 지시 때문에 현장에 빨리 도착할 수 있었던 사람은 불과 현장 형사 다섯뿐이었지. 그들에게 내려진 지령은 신속한 돌파와 제압. ……하지만 세상을 떨게 만든 흉악범 '창왕(蒼王)'을 상대로 특수 부대도 이능력자도 아닌 다섯 명이 뭘 할 수 있을까?"

하지만 현장의 사람들은 전체상을 파악할 수 없다. 윗선이 돌파하라고 하면 돌파할 수밖에 없다.

"결과, 범인은 궁지에 몰린 끝에 폭탄에 불을 붙여 폭사했다. 범인도 다섯 명의 형사도, 전원 사망."

"——그때 죽은 경관 중 한 명이 로쿠조 소년의 아버지였나 보지?"

"로쿠조 소년은 일찍이 어머니를 여의고 아버지와 둘이 살았다. 경관인 아버지를 존경했다고 한다."

나는 주먹을 쥐었다.

"그때 시 경찰에게 아지트가 발견되었다고 보고한 사람이 나다."

그때 더 높은 지휘 계통에게 연락했다면. 또는 탐정사가 같이 돌입했다면.

"내가 죽인 거나 마찬가지다."

"아니지. 아무리 생각해도 지시를 내린 쪽인 시 경찰의 상층부, 더 거슬러 올라가면 자폭한 범인의 잘못이야."

"그럴지도 모르지. 하지만 소년의 의견은 다를 거다. 그렇지 않고서야 사실상의 복수를 하기 위해 탐정사를 해킹하지는 않았을 테니까."

아마도 로쿠조 소년은 탐정사를 원망했을 것이다. 직접 확인을 하지는 않았다. 하지만——.

"로쿠조 소년의 아버지는 죽었다. 그것만이 사실이다. 누군가가 아버지 대신 녀석을 지켜보고, 때로는 혼을 내주지 않으면 안 된다. 나는 마침 그 역할을 할 수 있다. 그럼 딱 좋은 게 아닌가."

"구니키다는 로맨티스트군." 다자이가 한숨과도 같은 쓴웃음을 지었다.

나는 자신을 로맨티스트라고 생각한 적도 없고, 로망이 무엇인지도 거의 모른다.

하지만 나를 잘 아는 사람들은 모두 '너는 로맨티스트다'라고 말한다. 이유는 잘 모른다.

이 세상은 이상대로 이루어지지 않는 일들뿐인데.

그런 생각을 하는 사이에 눈앞에 택시가 한 대 멈춰 섰다. 운전수가 손을 흔들었다.

◉　◉　◉

택시 운전사에 대해 사람들은 마음속으로 많은 견해를 가지고 있다.

청결하다, 성실하다, 아니, 지름길과 우회로를 숙지한 거리의 달인이다. 또는 운전 기술이 뛰어난 기술자다, 웃음이 상쾌한 호청년이다, 아니아니, 승객의 요금을 가장 먼저 생각해 줄 만큼 절약을 잘 하는 사람들이다. 각각의 주장은 아주 당연한 것이라, 다른 사람들이 이의를 제기하기가 힘들다.

참고로 내가 택시 운전사에게 바라는 것은 딱 하나이다.

"와~, 오랜만입니다, 구니키다 조사원님. 오늘은 일진도 좋고 탐정 활동을 하기에 정말 좋은 날이네요. 오늘도 참 안경이 잘 어울리십니다. 저도 운전사 일을 계속하고 있다 보니 말이죠, 안경이 좋은 건지 안 좋은 건지 잘 구별하게 됐습니다. 기품이라고 할까요. 브랜드가 좋다고 할까요. 구니키다 조사원님의 안경은 정말 좋은 안경입니다! 제가 보증하지요, 그럼요, 그럼."

"부탁이니까 입 좀 다물고 운전해라."

대체 뭘 보고 안경의 브랜드가 좋은지 알 수 있단 말인가. 정말 어처구니가 없다. ——조금 알고 싶긴 하지만.

"택시 운전사는 아무 말도 없는 게 제일이다. 손님에게 그런 말을 들은 적 없는가?"

"네, 없습니다. 애초에 운전 중에 손님이 먼저 말을 거는 경우가 없었습니다. 제가 말을 하니까요."

이 택시를 항간에서는 뭐라고 말하는지 나는 잘 안다. 지뢰다.

나와 다자이는 미리 연락을 해 둔 택시에 타고 의뢰주가 조사를 부탁한 곳으로 가고 있었다. 택시 창밖으로 보이는 어둠 속에는 이미 시내의 불빛이 모두 사라져, 드문드문 숲의 그림자가 탁한 달빛을 쓸며 뒤쪽으로 흘러갔다.

물론 불행하게도 지뢰 택시에 타게 된 것은 아니다. 일부러 부른 것이다. 왜인가 하면.

청취 조사를 하기 위해서다.

"다자이, 조금 전 이야기했던 '요코하마 방문객 연속 실종 사건'을 기억 하나?"

"아, 로쿠조 소년이 조사했던 그거?"

"그래. 피해자는 열한 명. 그 중의 둘을 실종 직전에 목격한 사람이 이 운전사다."

나는 눈앞의 몸집이 작은 운전사를 가리켰다.

"말이 목격이지, 항구에서 호텔까지 모셔다 드린 게 다지만요. 한 분은 여성 여행객, 또 한 분은 출장을 오신 남성이었습니다."

"이 사진 속 사람이 맞지?"

나는 품에서 사진 몇 장을 꺼냈다. 모두 호텔 감시 카메라로 확인된 실종자의 사진이다. 건물에 들어가는 모습, 카운터에서 수속을 하는 모습, 다음 날 호텔을 나서는 모습. 이렇게 세 장이다.

"네, 이분들이 틀림없습니다. 옷도 사진에 나오는 대로 입으셨었습니다. 제가 이 호텔까지 모셔다 드렸죠."

"오케이. 그런데 구니키다. 언제가 돼야 나한테 그 실종 사건인가의 세부 사항을 알려 줄 거지?"

"……좋다."

나는 그 자리에서 사건의 대강에 대해 설명하기 시작했다.

약 한 달 전, 출장으로 요코하마를 찾은 마흔두 살 남자가 갑자기 사라졌다. 발자취를 조사해 보니, 항구에서 호텔에 체크인을 하여 숙박, 다음 날에 시내로 나간 사실까지 판명되었다. 하지만 남자는 회의에 나타나지 않았고, 집에도 돌아가지 않았다. 호텔에 짐을 남겨 둔 채 자신의 발로 어딘가로 사라져 버린 것이다.

다른 실종자도 거의 같은 상황으로, 단순한 여행자, 전시회 참가자 등, 실종자는 총 열한 명이다. 실종자 사이에 나이,

거주지, 직업 등의 공통점은 없으며, 혼자서 요코하마를 찾아왔다는 점만이 일치했다. 호텔에서 밖으로 나온 뒤의 행방을 쫓기 위해 시내에서 시 경찰이 청취 조사를 했지만, 목격 정보는 전혀 없었다. 연기나 안개처럼 홀연히 사람들이 사라졌다는 말이다.

시 경찰은 유괴됐을 가능성이 가장 높을 것으로 보고 있다. 하지만 이 대도시에서 목격자도 없이 사람을 납치할 만한 장소는 그렇게 많지 않다. 또 가족에게 몸값을 요구하며 협박을 하지도 않았기 때문에 유괴라고 하더라도 목적이 불분명하다.

"목적이라면 있잖아."

그때까지 아무 말이 없이 가만 듣기만 하던 다자이가 밝은 목소리로 말했다.

"'출하'야."

"뭐?"

"그러니까 유괴해서 팔아넘기는 거지. 듣고 보니 실종자는 모두 건강한 성인이잖아? 심장, 신장, 각막, 폐, 간, 췌장, 골수── 그야 해외 시장에 파는 거니 일본 돈으로 따지면 엄청난 액수는 아니겠지만, 그래도 열한 명이나 되는 사람이니 그야말로 보물 덩어리지. 단독범이라면 인생 역전이야."

"그렇군. 뒷골목 사회에는 그런 어둠의 유통 경로가 있다고 들었는데── 은근히 자세히 알고 있군."

일반인이 그런 이야기를 들을 수 있는 곳은 기껏해야 영화나 창작물이 다일 텐데.

"별건 아니고, 변두리 술집에서 사람들이 술 안줏거리로 하는 얘길 들었을 뿐이야."

의심스러운 설명이다. 변명을 하는 듯한 뉘앙스다.

물론 이 남자는 온몸을 구성하는 물질 모두가 의심스럽지만.

"……그렇다면 실종자는 모두 스스로 장기 바이어를 찾아갔다는 말인가? '내 장기를 사 주세요'라고? 일부러 출장이나 여행을 와서?"

"그래, 조금 부자연스러우려나? 그렇다면 역시 장기 매매가 아니라 사정이 있어 모습을 감춘 건가? 그래서 실종 전문 알선 업자에게 의뢰해서 새로운 이름과 호적을 받아 홀연히 사라졌다든가."

"그래도 알선 업자를 만나러 가기 위해 시내를 이동했다면, 목격자가 있었을 테고 감시 영상에도 찍혔을 텐데?"

"업자 중에 변장의 달인이 있는 거 아닐까?"

"그러고 보니 그런 사람이 있다고 하는데, 전 들은 적이 있습니다. 촬영 업계에서는 아무리 남자라도 여자로 보이게 하는 기술이 있다고 하더군요. 일단은 먼저 풀솜을 뺨 안쪽에 넣고 얼굴의 윤곽을 바꾸고 나서——."

"너에게 물어본 게 아니야." 이야기가 길어질 것 같아 운전사의 이야기를 재빨리 중간에 끊었다.

"아, 떠올랐다. 봐 봐, 이 사진. 둘 다 안경을 쓰고 있잖아. 공통점을 찾았어! 즉, 이건 '안경 연속 실종 사건'이야!"

사진을 확인했다. 분명히 영상의 피해자들은 안경을 쓰고 있었다. 검은 테와 은색 테.

"좋아, 구니키다, 네 차례야!"

"무슨 차례냐. 게다가 다른 아홉 명 중에는 안경을 안 쓴 사람도 몇 명인가 있었다. 공통점이라고는 할 수 없어."

내 기억으로는 아홉 명 중 안경을 쓴 사람은 네 명, 선글라스를 쓴 사람이 두 명, 나머지 세 사람은 아무것도 쓰고 있지 않았다.

"쳇. ……그럼 어쩔 수 없지. 다른 방법으로 구니키다를 포로로 만들 수밖에. 범인의 표적은 여행자였지? 그럼 고무장화에 백팩, 빨간색과 녹색으로 된 줄무늬 셔츠, 니커보커즈를 입고 요코하마 시내를 돌아다녀 보는 게 어때? 거대한 사진기로 지나다니는 사람을 찍는 거야. 어미는 '즈라' 로."

"그런 걸 누가 하나?!"

"'누가 하나즈라?!'"

"그런 걸 작전이라 할 수 있나?! 기──."

"'기각이다즈라!'"

"내 말을 미리 읽어 내지 마!"

"뭐~? 그럼 구니키다는 알몸에 비단 모자를 쓰고, 외발자전거로 거리를 질주하면서 좋아하는 여성의 타입을 외치는 걸로 하지."

"취지가 바뀌었지 않나!"

"그럼 말이죠, 구니키다 조사원님이 피에로 차림으로 독서를."

"넌 입 다물고 있어!"

에에잇. 이놈이고 저놈이고!

점점 화가 치밀었다.

"다자이! 좀 진지하게 일해라! 대체 너는 언제가 되면 진지하게 일을 할 생각이냐!"

"난 항상 진지한데 말이야."

그렇다면 더 질이 나쁘다.

"좋아, 그럼 이렇게 하지. 이제부터 나는 청렴한 탐정이 되기로 맹세하겠어. 착실히 조사하고 검사하여 추리할게. 그렇게 해서 상사인 구니키다가 혀를 내두르고, 내일부터는 나 한 사람에게 일을 맡겨도 문제없겠다고 하며 무릎을 탁 칠 정도로 우수한 남자가 되겠어."

다자이가 마구 말을 뱉어 내며 변명했지만 전혀 믿음이 가지 않았다.

"이제부터라니 몇 시부터지?"

"이 택시에서 내린 다음부터."

호오.

"정말인가?"

"물론이야. 자살 주의자는 두 말을 하지 않지. ……그래서 그 대신이라고 하기엔 뭐하지만."

봐라, 내가 그럴 줄 알았다.

"뭐지? 월급을 올려 달라, 편한 일을 맡겨 달라 같은 건 거절하겠다."

"그렇게 대단한 건 아니야. 그저 조금 전부터 약간 흥미로운 게 있어서."

다자이는 가만~히 운전사를 주시했다. 그 눈이 호기심으로
반짝였다.

"······운전 좀 하게 해 줘."

⚙ ⚙ ⚙

"끄아아아아아아아아아아아아아아아아!"
"으하하하하하하하하하하하하! 나는 바람이다!!"
"다, 다자이. 멈춰라! 부, 부투와이아아아아아!"
"흐야아아아──!!"
"오로로로로로로로로로로."

⚙ ⚙ ⚙

"자아, 무사히 도착했네!"
"너는 정말······ 두 번 다시 운전은 시키지 않겠다······!"
문을 열고 다자이는 시원스럽게, 나는 굴러 떨어지듯이 택
시에서 내렸다.
운전사는 아예 조수석에서 뻗어 있다. 아마도 날이 샐 때까
지 깨어나지 못하겠지.
"뭐야, 멀미했어? 칠칠치 못하게."

다자이의 그 말에 약간의 살의를 느꼈다.

이런 건 멀미를 했다고는 하지 않는다. 하반신이 떨려서 일어설 수가 없었다. 평형감각이 없다. 이제 막 태어난 초식동물처럼 양손 양발을 딛고 부르르 떨면서 서는 게 고작이었다.

가혹한 무술 단련을 하고도 이토록 피로한 적이 없었다.

"자, 바로 일을 하러 가 볼까?! 조금 전 약속했으니까, 얼른 얼른 해 보자고!"

조금 좀 쉬자. 조금 전에 설교를 한 몸으로 그렇게 말할 수가 없었다.

"의뢰를 받아 조사할 곳의 주소는 바로 저기군. ······그런데, 구니키다, 자네는 유령이나 여우 요괴 같은 걸 봐도 괜찮아?"

"유령? ······그런 걸 무서워해서 무장 탐정사에서 일을 할 수 있을 것 같나? 그 어떤 온갖 잡귀보다 당연히 칼과 총이 더 위협적이다."

"그거 다행이군. 무엇보다 이번 조사 장소는 저기니까 말이야."

다자이가 가리킨 곳을 향해 고개를 돌렸다.

그곳에는 산속에 위치한 붕괴된 검은 건물.

밤에 찌들어 죽음과 썩은 내가 진동하도록 방치된 괴상한 모습의 폐병원이었다.

◉　◉　◉

왜.

왜 이렇게 깊은 밤중에 조사를 하게 된 것일까.

사람은 살아 있는 한 언젠가는 병든다. 오류가 없는 정신이 존재하지 않듯이, 아무런 병이 없는 신체도 존재하지 않는다. 그 증거로 사람은 모두 병원에서 태어나 병원에서 죽는다. 병원이란 이른바 이승과 저승, 죽은 자들의 세계와 살아 있는 자들의 세계의 경계이다.

그런데 내버려져 썩어 버린 폐병원이니 더욱 기분이 나쁘다. 깨진 창문으로 은은하게 비치는 달빛을 받아 쓰레기 더미에 드리운 그림자는 미묘한 파랑, 바닥의 물웅덩이는 혈이 막힌 듯한 보랏빛이었다.

앞마당에 핀 피안화만이 독살스럽게 붉다.

"어두워…… 아무것도 안 보인다."

"그게 또 느낌이 좋지 않아?"

폐병원의 복도를 발을 끌며 걷는 내 옆을 다자이가 가벼운 발걸음으로 앞질러 갔다.

벽은 부패해 무너졌고, 배선은 썩어 천장 아래로 늘어져 있었다. 창틀은 떨어져 나갔고, 비품은 누군가에게 도둑맞아 병실은 벌레들의 소굴이 되어 버렸다.

대체 누가 좋다고 이런 폐허에 들어온단 말인가.

"의뢰인의 부탁은 여기서 밤마다 반복된다는 소리와 빛의 정체를 밝히는 것이다. 뭐가 나올지 몰라. 경계해라."

"응…… 물론 그렇지만, 구니키다. 너무 경계하는 거 아니야?"

나는 다자이를 노려보았다.

"무슨 소리를 하는 거냐. 적을 얕보고 과소평가 하는 것이야말로 어리석은 자의 만용. 탐정사의 일원이라면 항상 최악의 상황을 상정하고 움직여야 한다."

나는 최대한 신중에 신중을 기해, 허리를 낮춰 불의의 습격에 대비하면서 복도를 걸었다.

"혹시 겁먹은 건가?"

"누누누누가 겁을 먹었단 거냐! 이 멍청아!"

"그럼 빨리 가는 게 어때?"

"어리석은 녀석. 이런 영화를 보면 우쭐 대며 경솔하게 행동하는 녀석부터 먼저 희생된다."

"이런 영화란 게 뭔데?"

"됐으니까 먼저 가라. 나는 후방을 경계하며 가겠다."

"그건 그냥 앞에 나서고 싶지 않아서 그러는 게…… 아, 그렇지. 어두워서 그런 거니까, 불을 비추면 되잖아."

그렇게 하는 것도 이미 생각해 보았다. 빛에 의지하고 싶은 마음은 굴뚝같지만…….

"병원에 누가 있을 경우, 우리들의 조명을 눈치채고 도망갈 우려가 있다. 그러니 달빛에 의지해 나아가라!"

"흐~응."

어둠 속을 두 사람이 나아갔다. 바람이 불어 건물이 삐걱였다. 어디선가 물방울이 떨어지는 소리가 들렸다.

폐병원 주위의 토지에는 민가는커녕 건물 하나 없이 그저 널찍이 숲과 산과 들판이 펼쳐져 있을 뿐이다. 휘몰아치는 바람에 검은 나무 부대들이 술렁거렸다.

의뢰인이 쓴 전자메일을 떠올렸다. 뭐가 '근처에 사는'이냐. 이 건물은 주위 수 킬로미터에 이르기까지 도저히 사람이 들어올 만한 곳이 못 되었다. 주변에 사는 것이라곤 여우나 곰 정도밖에 없을 듯한 곳이다.

──그럼 의뢰인은 대체 누구인가.

──의뢰인의 이름이 없다.

──혹시 의뢰인도 원한이 있는 약령이 아닐는지.

다자이의 말이 머릿속에 떠올랐다.

앞도 뒤도 완전한 어둠뿐이라 아무것도 보이지 않는다. 건물 틈새 사이로 흘러들어오는 바람 같지 않은 바람이 마치 여자의 우는 소리 같았다.

……

유령 따위는 믿지 않는다. 나는 대수학 강사이자, 화학·물리학도 익힌 이과생이다. 원령이 형태를 갖춰 살아 있는 사람에게 해를 준다는 생각은 어둠에 대한 공포심이 만들어 낸 망상이다.

……

무섭지 않다. 나는 전혀 떨지 않고 있다. 울지도 않고 있다.

"나왔다!"

끄아아아아아!

앞쪽에서 다자이가 갑자기 소리를 질러 심장이 쿵쾅거렸다.

다자이는 뒤를 돌아 크게 입을 벌린 채 내 표정을 확인한 뒤, 천천히, 하지만 깊게 씨익 웃었다.

이 녀석은……!

"잘리고 싶나?!"

"이야, 구니키다가 너무 긴장한 것 같아서 긴장을 풀어 주려고."

"이제 너 따위는 어떻게 되든 모른다!"

다자이를 밀쳐 내고 나는 얼른 앞으로 나아갔다.

젠장, 어둡다. 아무것도 안 보인다. 아무것도 안 보이기에 이 어둠 앞에 무언가가 있는 게 아닐까 하고 착각을 해 버리고 만다.

어둠 속에 눈이, 허공에 입김이 있는 게 아닌가 억측을 해버린다.

어둡다.

어둡다.

이제 한계다.

" '돗포 시인' —— 회중전드으으으응!!"

밝아졌다.

○　　○　　○

폐병원 내부를 조사해 보니, 확실히 사람이 들어왔던 흔적이 몇 군데인가 있었다.

바퀴가 달린 짐을 끌고 간 흔적. 가죽 구두의 발자국. 옷의 실보무라지. 단지 그것이 매일 밤 몰래 들어온 범죄자의 흔적인지, 단순히 화재 현장에 든 도둑의 흔적인지 확실하지 않았다.

이능력으로 만들어 낸 소형 회중전등으로 비추면 시야는 확보할 수 있다. 하지만 병원을 짓누르는 거무칙칙한 어둠이 사라진 것은 아니다.

문자 그대로 한 치 앞도 안 보이는 어둠. 앞을 빛으로 비추면 발밑은 어둠의 대해로 변하고, 발밑을 비추면 앞은 암흑의 동굴이 된다. 조심조심 앞으로 나아가도, 조사를 진행할 만한 물건은 아무것도 없었다.

"장난인가 봐. 돌아가자." 다자이가 질렸다는 듯이 발걸음을 돌렸다.

"이봐, 기다려라. '착실히 조사하고 검사하여 추리할게.' 라고 말하지 않았나? 겨우 이 정도로 포기하다니, 그래서 탐정 일을 할 수 있을 것 같아? 증거를 더──."

"필요 없어. 이걸 봐."

다자이가 집어 올린 것은 검은 코드였다. 양끝이 바닥에 묻혀 있어 보이지 않았다. ──아니.

"그건── 배선인가."

배선이 꽤나 최근에 설치된 것이었다. 오래되어 썩어 버린

병원 내장 전선과는 확실히 다르다. 아마도 몇 개월 사이에 설치된 것이겠지.

"이 배선을 따라가면——."

다자이가 배선을 더듬으며 그 끝을 따라갔다. 교묘하게 잘 보이지 않게 묻혀 있었지만, 배선을 따라 끝까지 도착할 수 있었다.

다자이가 집어 든 그것은,

"이거…… 촬영기야. 누군가가 몰래 설치한 거지. 분명 여기에만 설치된 게 아닐 거야. 이거야 원. 의뢰인은 가짜 의뢰를 해서, 귀신을 보고 벌벌 떨며 우는 구니키다의 모습을 촬영했다는 거군. 나쁜 녀석인걸."

"내, 내가 언제 울었나?!"

"맞아. 이렇게 어둡기만 한 폐허에서 벌벌 떨다니, 아마 초등학생도 그러진 않을 테지."

"……."

"애초에 병원에 유령이 있다고 한들, 무슨 피해가 있겠어? 병사잖아? 사고사였으면 사고 현장에 머물러 있겠지. 그런 유령은 사람에게 들러붙어 죽일 만한 배짱도 없어. 기껏해야 미련이 있다거나, 후회스러운 일이 있는 정도겠지. '죽고 싶지 않았어~.'라든가 말이야. 아, 이해가 안 돼. 기껏 죽었으면서 배부른 소릴 다하고."

"다자이…… 이봐, 이제 그쯤에서……."

워…… 원령이 듣고 있으면 어쩔 거냐.

"최소한 말이야, 산 사람을 원망할 정도라면, 폐병을 앓아 피골이 상접한 여자 정도는 돼야지. 젖은 머리카락을 흐트러뜨린 채, 원망을 담아 '한스러워~, 살아 있는 사람이 부러워~, 나를 이 어둠 속에서 구해줘어어, 이 고통 속에서 구해줘어어, 아아, 괴로워, 피가, 뼈가, 살이, 내장이, 아, 아, 아아아아.'"

"사람 살려어어어어어어!!"

갑자기 울려 퍼진 여성의 새된 외침에 심장이 목구멍에서 튀어나올 듯이 놀랐다.

하지만 잠시 뒤, 머리에 찬물을 뒤집어 쓴 것처럼 정신이 번쩍 들었다.

방금 그 비명은 살아 있는 사람이 낸 것이었기 때문이다.

"방금 그 목소리는⋯⋯."

"이쪽이다! 서둘러!"

다자이를 기다리지 않고, 나는 썩은 복도를 달렸다.

가장 가까운 계단으로 내려가 복도를 내달렸다. 잡동사니를 발로 차며 비명이 나는 쪽을 향해 달렸다.

도착한 곳은 지하 구역이었다. 벗겨진 천장에 썩은 복도. 급탕실, 의약 관리실, 방사선 촬영실에 영안실이 늘어서 있었다.

목소리를 따라 예전엔 급탕실이었던 곳으로 뛰어들어 갔다.

있다!

넓은 의류 세탁용 수조의 수면에서 여성이 오른손을 내밀고 필사적으로 허우적거렸다!

서둘러 가까이 다가가 물 안을 들여다보니, 물 밑바닥에는 속옷을 입은 젊은 여성이 한 손에 수갑이 채워진 채 물 밑바닥의 손잡이에 연결되어 있었다.

수갑 때문에 물 밖으로 나오지 못하고 있는 것이다! 이래서는 익사하겠어!

"이게 대체 뭐야——!"

"이 철 격자를 부숴야 해!"

다자이가 격자를 잡고 외쳤다. 의류 세탁용 수조에는 커다란 미닫이 격자가 뚜껑처럼 놓여 있어 여성의 탈출을 막았다.

양손으로 붙들고 온힘을 다해 흔들었다. 자물쇠로 잠겨 있어서 그런지 도저히 완력으로는 빼낼 수 없을 듯했다.

물속의 여성과 눈이 마주쳤다. 다갈색 눈동자. 한계까지 번쩍 뜨인 눈동자가 강하게 외쳤다.

살려 줘요.

"지금 구해 주겠습니다! 수조의 가장자리로 붙으세요!"

손을 흔들며 지시를 내렸다. 알아들었는지 여성이 등을 수조의 벽에 대고 몸을 움츠렸다.

나는 허리에서 권총을 꺼내 들었다. 안전장치를 풀고 수조의 외벽을 향해 총을 겨눴다.

"피해 있어라, 다자이!"

안쪽의 여성에게 총알이 튀지 않도록 각도를 조정한 뒤, 외벽에 세 발을 쐈다.

총알이 박힌 수조의 벽에는 구멍이 뚫린 흔적과 균열이 새겨졌다. 벽에 금이 갔고, 내부에서 물이 넘쳐흘렀다.

그 금이 간 곳을 향해 온몸의 힘을 실어 돌려차기를 날렸다!

회전력을 얻은 내 뒤꿈치가 외벽에 박혀 도기와 모르타르로 된 벽을 일격에 깨뜨렸다. 큰 구멍이 뚫린 외벽에서 대량의 물이 흘러넘쳤다.

"콜록…… 콜록콜록!"

큰 구멍으로 물이 나와 겨우 수위가 얼굴 아래로 내려가자, 여성이 거칠게 호흡을 다시 시작했다. 간신히 늦지 않은 듯하다.

다자이가 대형 수도꼭지를 돌려 물이 나오지 않게 했다.

"괜찮으십니까?" 내가 격자 안으로 손수건을 내밀었다. 여성이 아직도 손을 떨면서 손수건을 받았다.

"누가 물에 빠뜨려 죽일 생각이었던 것 같은데…… 범인 얼굴을 보셨습니까?" 다자이가 물었다.

기침을 하며 온몸으로 숨을 들이쉰 여성이 메인 목소리로 간신히 말을 꺼냈다.

"저── 유괴됐어요. 일 때문에 요코하마를 찾아온 날에 갑자기 의식이 사라졌는데── 눈을 떠 보니 여기에 있었어요."

나와 다자이는 서로 얼굴을 마주 보았다.

　다자이와 힘을 합쳐 철 격자와 수갑을 부수고 여성을 구조했다. 철 격자는 실린더 자물쇠로 삼중으로 채워져 있었기 때문에 어쩔 수 없이 권총의 손잡이로 부술 수밖에 없었다.

　"저는 사사키 노부코라고 해요. 도쿄의 대학에서 교편을 잡고 있습니다. 요코하마를 찾았을 때 갑자기 의식이 멀어졌는데…… 정신을 차려 보니 이곳에…….."

　홍건히 젖어 얼굴까지 새파래진 사사키 여사였지만, 그래도 힘을 내서 상황을 설명했다.

　"사사키 씨. 사사키 씨가 의식을 잃고 유괴된 날이 며칠 전인가 기억나십니까?"

　"죄송합니다…… 정신을 잃었기 때문에 자세하게는……. 단지 몸의 상태나 공복 상태로 봤을 때, 이삼 일 이상이 지나지 않았을까 생각합니다…….."

　요코하마 연속 실종 사건의 피해자가 모습을 감춘 것은 35일부터 7일 전 사이. 여사의 말이 사실이라면 열두 명째 피해자일 가능성이 높았다.

　"……."

　다자이가 조금 전부터 아무 말도 없이 팔짱을 낀 채 무언가를 계속 생각하고 있었다.

　사사키 여사는 긴 검은 머리에 살짝 마른 여성이다. 나이는 나와 비슷한 정도일까.

사사키 여사는 몸을 떨었다. 유괴된 뒤 옷을 빼앗겼는지, 속옷과 얇은 옷만을 입고 있었다. 다자이에게 외투를 빌려 걸쳐 주긴 했지만, 이런 한밤중에 흠뻑 젖은 데다 속옷만을 입어 사실상 알몸이나 다름없으니 몸을 떠는 것도 당연한 일이다.

　한기에 떨며 자신의 팔을 껴안은 손도, 바닥으로 뻗은 다리도, 무서울 정도로 가늘었다. 몸에 달라붙은 옷이 아리따운 곡선을 그렸다. 피부는 안쪽이 비치는 게 아닐까 할 정도로 매우 희다.

　목덜미에 달라붙은 머리카락이 가슴 쪽으로 물방울을 떨어뜨렸다. 문득, 나는 이유도 없이 시선을 돌렸다.

　"그보다도, 이 건물에는 저처럼 잡혀 온 분들이 계실 거예요! 목소리를 들었거든요."

　"뭐라고요?"

　다른 실종자인가. 그 사람들도 유괴되어 이 건물에 감금되어 있는 건가?

　"안내할게요! 이쪽으로 오세요!" 여사는 비틀거리면서도 일어서서 우리들을 안내해 주려고 했다.

　하지만.

　"……잠깐만요." 손을 뻗어 사사키 여사를 멈추게 했다.

　"다자이. 이 상황을 어떻게 보지?"

　"사사키 씨의 차림이 야해." 다자이가 진지한 표정으로 말했다.

　"진지하게 좀 해라!"

"……너무 딱 들어맞아." 다자이가 팔짱을 끼고 다시 대답했다.

"우리는 이 폐허에서 수수께끼의 목소리가 들리고 빛이 보여 그걸 조사하러 온 거지? 그런데 또 하나의 사건, 연속 실종 사건의 피해자를 발견했어. 이 두 가지는 원래 아무런 관계없는 별개의 사건일 텐데. 우리가 담당하고 있는 것 하나를 제외하면…… 사사키 씨, 범인을 마지막으로 본 건 언제죠?"

"죄송해요. 범인의 모습은 단 한 번도 제대로……. 하지만 제가 눈을 떴을 때는 수조의 수도꼭지가 열려서 물이 얼굴 근처까지 차올라 있었어요. 아마도 제가 눈을 뜨기 5분 전쯤에 범인이 스스로 수도꼭지를 튼 것 같아요."

그때의 외침을 우리가 들은 것이다. 그야말로 아슬아슬한 타이밍이었다.

"그럼 범인은 조금 전까지 있었다는 건데. 우리가 이 근처를 걷고 있다는 사실을 범인이 눈치채지 못했을 리가 없어. 그럼 범인은 왜 이런 짓을 한 걸까?"

"우리의 존재를 눈치채고 당황했던가, 아니면——."

용의주도한 함정이다.

하지만 함정이 두려워 이대로 물러서는 것은 있을 수 없는 일이다.

이 건물에 실종된 피해자가 감금되어 있을 가능성이 높으니 반드시 구해 주어야 한다.

"최초의 피해자는 실종된 지 이미 35일이 지났다. 지금도 감금되어 있다면 목숨이 위태로워. 다자이, 사사키 씨를 경호하며 따라와라."

나는 총을 쥐고 앞장서 복도를 걷기 시작했다.

만약을 위해 시 경찰에 연락을 한 뒤, 사사키 여사의 안내를 받아 도착한 곳은 영안실이었다. 시체는 귀중품이라 평소부터 도난을 방지할 필요가 있기 때문에 문은 매우 튼튼했다. 그리고 철문은 걸쇠로 잠겨 있었다. 살아 있는 사람을 유폐하기에는 딱 알맞은 조건이다.

함정이 없다는 사실을 확인한 뒤 걸쇠를 파괴하고 안으로 들어갔다. 양 손목을 교차해 총구와 전등을 동시에 앞으로 내밀었다.

영안실은 안쪽으로 10미터 정도의 길이였고, 무시무시할 정도로 어두웠다. 대부분의 물건은 치워 버렸거나, 도둑맞아 실내는 텅 비어 있었다. 있는 물건이라고는 다리가 부러진 시신 들것과 찢어진 시신을 담는 부대, 벽에 설치된 서랍식 철관뿐이었다.

그 외에는 아무것도 없다. 시신도, 살아 있는 사람도. ──아니.

전등 빛에 반응해 실내 안에서 무언가가 움직였다. 그쪽에 전등 빛을 비추었다.

"사…… 살려 줘……."

있었다.

벽 쪽의 철로 된 우리에 네 명이나. 모두 사사키 여사처럼 옷차림이 간소했다.

"여기는 어디지?"

"조금 전에 여자가 소리를 질렀는데…… 대체 무슨 일이 일어난 거지?"

"진정하십시오. 우리는 구조를 하러 온 겁니다. 소리를 지른 여성도 구조했습니다. 다친 사람은 없습니까?"

"어—— 없는데. 여긴 대체 어디야? 우리는 왜 이런 장소에 있는 거지?"

가까이 다가가 상황을 확인했다. 입구의 반대쪽 벽에 맹수를 선박 등으로 운송할 때 사용하는 철망 우리가 박혀 있었다. 가지고 있는 기구로 떼어 내기는 어려울 듯했다. 우리 자체도 만듦새가 단순해서 그런지 매우 튼튼해 부수려면 시간이 걸릴 것 같았다.

"흠. 전자단말식 자물쇠라." 다자이가 우리 앞으로 다가가 자물쇠를 확인했다. "암호인가, 생체 인증인가, 비밀번호인가…… '열려라 참깨'! '플래시 선더'! '부끄럼 많은 생애를 살았습니다'! 음~, 안 열리네. 부술 수밖에 없겠어."

마지막은 뭐냐.

"부수려면 아마도 이 근처를 이렇게——."

다자이가 단말에 손을 대려고 한 순간, 사사키 여사가 새된 목소리로 외쳤다.

"안 돼요! 그 자물쇠에 손대면 안 돼요!"

다자이가 깜짝 놀라 돌아보았다. 단말에 붉은 빛이 들어왔다.

위층에서 무언가 금속이 떨어지는 소리가 들렸다. 무언가가 열리는 소리.

우리 안에서 유백색 연기가 피어올랐다. 무심코 그쪽으로 달려간 내 눈과 목에 무언가가 박히는 듯한 격렬한 통증이 느껴졌다.

우리 안에서 실종자들이 영혼이 사라질 듯한 절규를 내뱉었다.

"독가스다!"

격렬한 통증에 눈물이 흘렀다. 시야가 흐릿해졌다. 세계가 번져 보였다. 마치 세상의 모든 것이 춤을 추는 듯이 보였다. 꽤나 많이 마셨다. 하지만 피해자들을 내버려 둘 수 없었다. 우리에 손을 댔다.

"가까이에 다가가면 안 돼요. 이미 늦었어요!"

누군가가 등 뒤에서 팔을 잡고 잡아당겼다. 시끄럽다! 나는 살려야 한다. 피해자를 죽게 내버려 둘 수 없다.

그게 이상이다. 그게 세계의 마땅한 모습이다.

"구니키다! 얼른!" 다자이가 뒤에서 외치는 소리.

싫다. 그래선 안 된다.

"안 돼요!"

사사키 여사가 나를 껴안으며 말렸다. 왜지? 왜 말리는 거지? 사람은 죽어서는 안 된다. 내 눈앞에서는 아무도——.

다자이에게 이끌려 영안실 밖으로 나갔다. 나는 무슨 말인가를 마구 외쳤었지만 뭐라고 외쳤는지 기억이 안 난다.

감금되어 있던 네 명은 모두 죽었다.

2.

11일.

심야에 집에 돌아온 뒤 나는 책상 앞에 앉았으나 꼼짝하지 않았다.

잊기 힘든 날이지만 수기를 남길 수가 없다.

어떠한 고난도 이겨 내야 한다. 세 번 진흙을 뒤집어써도 더욱 웃어야 한다.

침묵 또 침묵.

탐정사의 집무 책상에서 신문을 읽었다.

아침부터 보도는 매우 요란했다. 영상도, 인터넷도, 한 센세이셔널한 뉴스를 대대적으로 내보냈다.

'요코하마 연속 실종 사건의 피해자, 발견되었으나 사망'

'민간 탐정 회사가 독단적으로 잠입한 탓에 사망했을 가능성도'

그리고 영상. 흰 연기, 괴로워하는 희생자, 그리고 철 우리에 매달려 있는 나.

신문에는 아직 실리지 않았지만 곧 실리겠지.

탐정사의 전화는 아침부터 끊임없이 울렸다. 항의 전화인데, 곧 유족들의 소송을 하겠다는 전화도 걸려올 게 틀림없었다. 게다가 나머지 실종자 일곱 명의 행방은 여전히 오리무중이다.

누군가가 독가스에 의해 피해자가 사망하는 순간을 촬영해 언론에 뿌렸다.

책상의 전화가 신경에 거슬리는 소리를 울려 댔다. 나는 수화기에 손을 뻗었다.

내 손이 닿기도 전에, 다자이가 수화기를 들고 바로 끊어 버렸다. 호출음이 사라졌다.

"이게 적의 노림수였다는 거군." 밝은 목소리다. 다자이는 사진을 들고 있었다.

"최소한의 위로는 이거야. 구니키다, 꽤나 멋지게 찍혔지 않나."

다자이가 들고 있는 사진을 아무 말 없이 빼앗으려고 했지만, 훌쩍 손을 들어 피했다.

"오늘은 이만 돌아가지? 자네, 얼굴이 형편없어."

"……안 돌아간다. 업무가 있으니까."

"이런 비상사태에도 성실하네. 내가 탐정사에 들어올 때 사람들이 나한테 두 번이나 돌을 던지더군."

나는 밖을 바라보았다. 아침부터 몇몇 시위대들이 회사 앞에서 고함을 질렀다. 내일은 사람이 더 늘겠지.

"성실? 멍청하긴. 최우선 업무가 있지 않나. 범인 찾기다."

"뭐…… 그야 그렇지." 다자이가 시치미를 떼며 말했다.

"사사키 여사는?"

"이거야 원. 지금 의무실에서 요사노 선생님이 치료하고 있어. 큰 문제는 없는가 보더군."

"사사키 여사의 이야기를 들어보지."

나는 일어섰다. 사사키 여사는 범인과 접촉하고도 유일하게 살아남은 증인이다. 유괴 방법을 통해 범인을 알아낼 수 있을지도 모른다.

먼저 의무실을 향해 가는 다자이를 쫓기 위해 일어섰다가 문득 사진을 바라보았다. 나와 사사키 여사, 그리고 피해자는 얼굴까지 찍혀 있었지만 다자이의 모습은 코트의 옷소매가 찍혀 있을 뿐이었다.

저 녀석, 어떻게 몰래카메라를 피한 거지?

◉　◉　◉

"정말 죄송합니다…… 힘이 되어 드리고 싶지만……."

의무실에서 여사는 힘없이 고개를 떨궜다.

"제가 원래 몸이 약해서 빈혈로 쓰러지는 경우가 가끔 있어요. 특히 사건이 일어난 날에는 몸이 안 좋았거든요…… 역에서 정신을 잃은 것도 그 때문이 아닐까 해요."

그렇다면 범인의 범죄 수법을 알 수 없다는 말인가. 하지만 ──.

"그렇다고 하더라도 사사키 씨가 쓰러진 틈을 타서 유괴한 녀석이 있다는 말입니다."

요코하마 역 한가운데에서 유괴를 하다니, 사람이 굉장히 많아 불가능한 이야기다. 기절한 여성을 옮겼다면 더욱 눈에 띈다. 따라서 적은 여러 명이거나 매우 뛰어난 트릭을 썼을 가능성이 높다.

"어제는…… 정말로 감사합니다. 그때 구해주시지 않으셨다면 저는 죽었을 거예요. 게다가 이렇게 보호까지 해 주시고 여러모로 도와주셔서 정말로……. 전 의지할 수 있는 지인이나 친척이 없었거든요."

사사키 여사는 가는 목을 떨구고는 입을 닫았다. 그리고는 아무 말도 하지 않았다. 그렇게 하니 원래 가늘고 흰 피부 때문인지 실이 끊어진 꼭두각시 같았다.

실제로 사사키 여사는 인생의 실이 끊어진 것이나 마찬가지였다. 정체불명의 살인귀에게 죽을 뻔했고, 지금은 범인이 알 수 없는 이유로 목숨을 노리고 있을지도 모르기 때문이다.

"게다가 어젯밤에는 집에서 재워 주시기까지 하셨으니, 민폐를…… 끼치고 말았습니다."

……응?

"재워 줬다고요? 어디서?"

"우리 집." 다자이가 아무렇지도 않게 대답했다.

…….

……요즘엔 그래도 되는 건가?

"다자이 님…… 정말 감사합니다. 그…… 정말로 크게 신세를…… 지고 말았습니다."

어쩐 일인지 뺨을 붉히며 쑥스러워하는 사사키 여사.

"구니키다, 왜 그래? 자네 지금, 엄청 표정이 이상한데."

"다자이, 너…… 아무리 그래도 너무 이른 거 아닌가?"

"아니오. 그게 아니에요. 제가 말을 꺼냈어요. 그…… 꼭 좀 부탁드린다고요."

"이야, 신경 쓰지 마시길. 신사의 소양이니까요. 처음으로 만난 분이 부탁하는 경우도 자주 있는 일이니." 다자이가 웃으며 대답했다.

…….

나는 경솔하고 진중하지 못한 교제는 좋아하지 않는다. 남녀란 항상 정중하고 서로를 깊이 존경하는 가운데 교제해야 한다.

때문에 분위기에 휩쓸려 하룻밤의 불장난을 하는 것과 같이, 계획성 없는 순간적인 교제는 절대 용서해서는 안 되며 규탄해야 하는 행위라고 항상 생각해 왔다.

때문에, 때문에. 다자이 같은 녀석이 아무리 인기가 많다

한들, 절대 부럽지 않다. 분하지도 않다.

정말 부럽지 않다.

❂ ❂ ❂

"미인박명이야."

의무실에서 돌아와 조사하러 나가기 위해 회사에서 준비를
하는 사이, 다자이가 시실거리며 말했다.

"너는 저런 여성이 타입인가?"

"나는 모든 여성을 좋아해. 모든 여성은 생명의 어머니가
될 신비의 원천이니까. 그런데 사사키 씨는 부탁만 하면 같
이 동반 자살도 해 줄 것 같아서 참 좋아."

"너는 그냥 매미랑 결혼해라."

남녀의 교제는 깨끗하고 견고해야 한다. 서로를 보완하고
높여 주는 이상적인 배우자와만 교제하여 평생을 해로한다.
그게 나의 '이상'이다.

실제로 수첩에도 그렇게 적혀 있다.

"구니키다야말로 어때? 사사키 씨를 어떻게 생각하지?"

"사건의 피해자이자 증인. 그뿐이다."

"전혀 상상이 안 가서 물어보는데…… 구니키다의 이상형
은 어떤 사람이지?"

"읽어 보겠나?"

나는 내 수첩의 페이지 중에서 '배우자'라는 항목을 열어

서 보여 주었다. 내 수첩에는 수많은 계획이 기입되어 있다.

"길어! 이렇게 많아?!"

다자이가 수첩의 페이지를 읽으면서 표정이 얼어붙어 갔다.

"……우와. 으아아아. 이건 아무리 그래도…… 우와, 허억."

"그 반응은 뭐지? 이상한가?"

"아니, 아주 좋아. 남자라면 누구나 공감할 수 있는 이상이지…… 각각의 항목 자체는 말이야."

"당연하다. 이상적인 여성을 원하는 게 뭐가 나쁜가?"

"그 말대로야. 그 말대로이긴 한데, 구니키다. 한 가지 말해 두자면, 그 페이지는 절대 여성에게 보여 주지 않는 게 좋아. 자넬 경멸할 테니까. 나도 방금 '이런 녀석은 없어!'라고 외치고 싶은 걸 참았거든."

그 정도인가?

"자, 알았으면 일을 시작하겠다. 유괴범의 실마리를 좇는다. 다자이, 눈치챈 건 없나?"

"하나 있지."

"뭐지?"

"이상적인 여성을 찾고 싶으면 일단 그 촌스런 안경부터 어떻게든 해 봐."

다자이가 재빨리 내 안경을 빼앗아 자신의 미간에 걸쳤다. 안 어울린다.

"그 이야기는 이제 됐다! 이리 내라!"

안경은 업무에 지장만 없으면 충분하다. 안경의 품질로 평가가 바뀐다면 아무도 고생하지 않아.

그건 그렇고 안경을 쓴 다자이는 얼굴이 실로 우스꽝스럽다. 왜인지 평소보다 더 멍청해 보인다.

"……안경?"

안경. 피해자의 사진. 얼굴. 감시 장치. 모두 호텔의──.

"구니키다, 왜 그러지?"

자신의 발로 숙박 시설에서 사라진 실종자. 모두가 혼자 요코하마의 호텔에. 시설 출입구의 감시 영상.

"가자, 다자이." 다자이에게서 안경을 다시 빼앗아 자신의 귀에 걸었다.

"범인이 누군지 알았다."

◦　◦　◦

요코하마에 바닷바람이 불었다. 나와 다자이는 요코하마 항의 해변, 하구 근처에 서 있었다.

하늘을 보니 해는 이미 높았다. 구름과 구름이 만드는 푸른 하늘 사이에서 흰 빛이 산란되어 머리 위로 쏟아졌다.

눈앞에 눈에 익은 택시가 멈춰 섰다.

"구니키다 조사원님! 자, 어서 타십시오." 눈에 익은 한 운전사가 이쪽을 향해 손짓했다. 우리는 서둘러 택시에 올라탔다.

"갑자기 부탁해서 미안하군."

"무슨 말씀을. 탐정사의 구니키다 조사원의 중대사라면 설사 불속 물속이라도 달려올 겁니다! 자, 어디로 갈까요. 서둘러 가야 하는 장소라도 있으신지요? 제한 속도를 무시하고 달리겠습니다!"

"제한 속도는 지켜라. 실은 전에 이야기했던 요코하마 연속 실종 사건, 그 범인을 발견해서 말이다."

"정말입니까! 폐병원에 있었던 일에 대한 보도, 저도 봤습니다. 희생되신 분들은 얼마나 원통하셨을지…… 그 범인을 잡으러 가시는군요. 알겠습니다! 서두르지 않으면 범인을 놓치고 말겠지요. 장소는 어디입니까? 유괴를 한 장소는 대체 어디입니까?!"

"여기다."

"네?"

"범인은 너다. 그리고 유괴 현장은 여기, 택시 안이다."

"아…… 뭐라고 하셨죠? 저는 대체 무슨 말씀이신지."

"생각을 해 봤지. 이 도시에서 단 한 명의 눈에도 띄지 않고 유괴를 할 수 있는 사람은 누구인가. 피해자가 전혀 모르는 사람과 아무런 경계 없이 밀폐된 공간에 둘만 있어도 상관없어 할 만한 장소가 요코하마의 어디에 있는가. 여기다. 너는 여기서 피해자에게 수면 가스를 맡게 해, 기절시킨 뒤 유괴한 거다. 자신은 마스크를 쓰고 가스를 막은 채로 말이다."

"저기…… 아뇨아뇨아뇨아뇨. 잠시만요. 분명히 조사로는 피해자가 스스로 걸어서 어딘가로 사라졌다, 자동차를 탄 흔적이나 시설에 들어간 기록도 없다, 그렇게 들었는데요? 만약 피해자가 모두 이 택시에 탔다면 통화 기록이 있든가, 택시에 타는 모습을 누군가가 기억하고 있지 않을까요?"

"그래. 틀림없이 피해자는 모두 택시에 올라탔다. 하지만 시 경찰이 아무리 조사해도 그런 기록은 나오지 않았지. 조사해야 하는 날짜를 착각했기 때문이다. 그 사람들이 택시에 탄 날짜는 실종된 날이 아니야."

"그건…… 또 무슨 말씀이신지."

"좀 진정하게, 구니키다. 이런 건 상대의 질문에 일일이 대답해서는 끝이 없어. 내가 순서에 따라 일어난 일을 설명하지."

다자이가 중간에 끼어들어 추리하기 시작했다.

"운전사인 자네는 일상 업무를 하면서 어떤 특정한 손님을 찾고 있었어. 조건은 간단하지. '혼자서 요코하마를 찾았으며, 이제부터 호텔로 향하는 사람', '모자, 안경, 선글라스 등을 써서 얼굴을 부분적으로 가린 사람', '자네와 키가 비슷한 사람' ──자네는 몸집이 작으니 조건만 맞으면 여성이라도 상관없었던 거야. 그편이 피해자와의 관련성을 찾기 힘들어 조사를 혼란시킬 수 있으니까."

"대체…… 무슨 말씀이신지."

"워워, 반론은 마지막까지 듣고 하게. 자네는 이 근처에서 영업하는 택시 운전사야. 아무리 최소한으로 어림잡아도 이삼 일 정도면 해당하는 인물을 찾을 수 있겠지. 그래서 자네는 '이 사람이다' 하는 인물이 나타나면 구니키다가 말한 대로 실내에 수면 가스를 뿌려 기절시킨 뒤, 은신처로 택시를 운전해 피해자를 감금하고 물건을 빼앗았던 거야. 폐병원의 피해자들이 모두 속옷 차림이었던 건 그 때문이고. 자, 이제 부터가 자네의 실력이 발휘된 부분이겠지."

다자이가 기쁘게 손뼉을 치면서 말을 이어갔다.

"자네는 피해자의 옷을 입고 피해자로 변장했어. 어젯밤 자네가 말한 대로 얼굴에 화장을 하고 뺨이나 몸에 무언가를 집어넣으면, 그럭저럭 변장은 가능했겠지. 물론 세심하게 훈련도 했을 테고, 그에 더해 변장할 자신이 있는 사람만 피해자로 선택했을 테니까. 그리고 자네가 속여야 할 대상은 사람이 아니라 '영상'이야. 자네는 피해자가 숙박할 예정이었던 시설에 가서, 일부러 감시 영상에 찍혔어."

조사 때에 본 감시 영상을 떠올려 보았다. 지금 생각해 보니, 열한 명 중 안경을 쓴 사람이 여섯, 선글라스를 쓴 사람이 둘. 총 여덟 명이 뭔가를 쓰고 있었는데 비율이 너무 높다. 남은 세 명도 모자를 쓴 데다 장발이라 얼굴이 감시 영상의 일부에밖에 찍히지 않았다. 변장하기 쉬운 특정한 복장을 한 피해자만 선택했기 때문에 그런 결과가 나온 것이다.

"나중은 간단하지. 호텔에 피해자의 짐을 놓아두고 다음 날 당당히 떠나는 거야. 그러면 기록 영상에는 들어갈 때도 접수 때도, 나갈 때도 동일 인물이니 시 경찰은 호텔에서 나온 뒤의 발자취만을 집요하게 수사하게 되지. 물론 흔적이 남을 리가 없어. 자네는 요코하마 시내의 지리를 상세히 알고 있는 데다, 어디에 가면 기록이 남고, 어디로 도망가면 감시 영상에 찍히지 않는지 사전에 다 파악해 뒀으니까. 그러니 조사하면 조사할수록 피해자가 스스로 원해 기록이 남는 곳을 피해 사라진 것처럼 보이지.”

“너무 억지이십니다. 그렇게 논리로만 짜 맞춘 가설을 피력하시다니. 증거, 그래, 증거가 없지 않습니까.”

“과연 그럴까. 사사키 여사의 유괴도 역시 마찬가지로, 너 혼자서 범행이 가능하다.”

나는 다자이의 말을 이어받아 설명을 계속했다.

“역에서 기절한 사사키 여사를 유괴하는 일은 가장 간단했을 테니, 너에게 있어서는 예상외의 행운이었을 거다. 보통 혼절한 환자가 있으면 주변 사람들은 구급차를 부른다. 하지만 구급차는 병원에서 환자가 있는 곳까지 오는 데 시간이 걸리지. 그러나 현장은 역이다. 역이라면 당장 출발할 수 있는 택시가 항상 대기하고 있을 테지. 여사는 근처의 선의를 지닌 사람에게 도움을 받아 빨리 병원에 가려는 마음에 택시에 타겠다고 했을 거다. 그리고 너는 당당하게 여사를 데리고 떠났겠지. 잘못된 게 있다면, 네가 가자는 대로 병원으로 가지 않았을 뿐이다.”

“……그건.”

운전사는 무슨 말을 하려고 입을 뗐지만, 더 이상 아무 말도 하지 않았다. 이곳에서는 그 표정이 확실히 보이지 않았다.

나는 시선을 차내의 내부 설비 쪽으로 돌렸다. 그리고 그

내부 설비 사이에 아주 조금 달라붙은 흰 미립자를 손끝으로 집어 올렸다.

"자수하려면 빨리하는 게 좋아. 증거는 언젠가 나온다. 예를 들면 택시 안…… 범행 후에는 세심하게 청소를 했겠지만, 미처 다 지우지 못한 가스의 잔류 가루가 차내에 조금 남아 있다. 해석하면 금방 성분을 알 수 있겠지."

"그건…… 모르는 일입니다. 아마도 승객이 마음대로 뿌렸던 거겠지요. 그렇게 말할 수도 있습니다. 증거는 되지 않습니다." 운전사가 목소리를 짜내면서 반론했다.

하지만 반론을 했다는 건, 이미 자백을 한 것이나 마찬가지였다.

"증거가 없어도 범인은 너밖에 없다."

나는 더욱 근거를 댔다.

"지금 다자이가 말한 수법을 사용할 수 있는 사람은 피해자를 태운 택시뿐이다. 네가 피해자 중 두 사람을 태웠다는 것은 다른 아홉 명도 태웠다고 자백한 것에 가까워."

"구니키다 조사원님. 그건 물적 증거가 아닙니다."

운전사가 시선을 피한 채 뚜렷한 목소리로 말했다.

"당신이 한 말은 모두 상황 증거뿐입니다. 저희 집에서 흉기가 발견된 것도 아니고, 범행 순간이 찍힌 영상이 있는 것도 아니죠. 그래서는 기소를 할 수 있을지는 몰라도, 유죄 판결을 받게 할 수는 없습니다."

다음은 내가 침묵할 차례였다.

확실히 이 녀석의 말대로다. 이 녀석에게 유죄 판결을 받게 하기 위해서는 피해자와 운전사를 연결시킬 만한 물적 증거 —— 혈액, 지문, 영상 기록, 범인만이 알 수 있는 정보의 자백—— 등이 필요하다. 현재로선 확고한 물적 증거가 없다. 증거는커녕 지금으로선 혐의 불충분으로 불기소 처분을 받을 가능성이 높다. 운전사의 말투로 봤을 때, 증거는 철저하게 은멸했겠지.

생각보다 머리가 잘 돌아가는 녀석이다. 어떻게 할 것인가 ——.

하지만 다음 한마디가 내 예상을 뒤집었다.

"구니키다 조사원님…… 거래를 하지요. 조건을 받아들이신다면 자수하겠습니다."

"뭐라고?"

"조건이란, 무장 탐정사가 저를 의뢰인으로서 경호하여 안전을 보장해 주는 것입니다. 기한은 저의 검찰 취조가 끝나, 거래에 의한 증인 보호가 확정될 때까지, 72시간입니다."

"증인 보호 거래라고? 무슨 의미지?"

"시간이…… 없습니다. 저는 살해당합니다. 그 녀석들에게 살해당할 겁니다."

"잠깐. 무슨 얘긴지 모르겠다. 정리를 잘 해서 얘기해 봐. 누가, 왜 널 노린다는 거지?!"

"그런 녀석들과 거래를 하는 게 아니었는데…… 개인이 아무런 백도 없이 장기 매매에 나서면 녀석들의 화를 돋웁니

다! 큰일이야…… 정말 큰일입니다. 바이어와도 연락이 안
돼. 저는 버려졌습니다! 이럴 수가. 절대로 들키지 않을 일이
었을 텐데…… 녀석들이 벌써 바로 근처까지 왔어요!"

"그렇군── 그런 말이었어." 다자이가 턱에 손을 대고 혼
자서 고개를 끄덕였다.

"이봐, 다자이. 이 녀석이 하는 말이 무슨 의미지? 녀석들
이라니, 대체 누구야?!"

"말 그대로야. 이 사람은 피해자를 장기 밀매 조직에게 팔
아넘겼어. 그런데 불과 한 달 만에 대량의 상품이 나돌면서
장기 가격이 일시적으로 뚝 떨어져 시장이 교란된 거지. 예
를 들자면, 대기업이 아슬아슬하게 관리를 해 오던 공급 시
장에 개인사업자가 갑자기 끼어들어 시장을 혼란시킨 격이
라고 할까. 그러면 어떻게 될까?"

"대기업이── 화를 낸다?"

"일반적으론 건전한 경쟁이지. 하지만 이 일대에서 장기
를 공급하는 조직은 뒷골목 사회의 피와 폭력을 지폐처럼
사용하는 녀석들이야. 자신의 구역을 어지럽히자 그들은
화가 나서──."

그 순간, 택시에 큰 충격이 느껴졌다.

더욱이 연속으로 자동차가 크게 튀었다. 귀가 찢어지는 듯
한 소리가 울렸다.

우리가 탄 택시의 오른쪽이 공중에 떴다. 총알이 날아오는

소리와 함께 창문이 폭발하듯 깨졌다.

"총격이다! 머리를 숙여라!"

내가 외쳤다. 창문의 유리 파편이 차 안으로 쏟아져 들어왔고, 해머가 내리치는 듯한 충격과 진동이 자동차를 흔들었다.

"녀석들이다! 히익! 살려…… 죽고 싶지 않아!"

"이봐, 기다려!"

운전사가 문을 열고 충격과는 반대 방향으로 도주했다.

"구니키다, 운전사를 놓치거나 운전사가 죽으면, 사건의 진상은 그대로 묻히고 말아! 적보다 먼저 잡아야 해!"

차 안에 몸을 숙이고 있던 다자이가 외쳤다. 말을 들을 필요도 없이 알고 있는 사실이지만, 상황이 너무나 여의치 않다!

"내가 운전사를 쫓을 테니 구니키다는 녀석들을 다른 곳으로 유인해 줘!"

"잠깐, 단독 행동은 위험하다! 다자이!"

내 말을 무시한 채 다자이가 달려 나갔다. 처음 들어선 전쟁터에서 신입이 단독 행동을 하게 놔둘 수는 없다. 하지만 따로 행동하는 것 이외에 다른 방법이 없는 것도 사실이다.

욕설을 뱉으면서 적을 바라보았다. 적은 세 명. 검은 옷에 검은 안경. 해외에서 밀수입해 온 서브머신 건으로 무장했다. 갑자기 거리를 전쟁터로 바꾸는 가열하고 매정한 모습, 그리고 복장과 높은 숙련도를 보면——.

"젠장, 최악이다! **포트 마피아**인가!"

포트 마피아란, 요코하마 항만 주변을 근거지로 삼고 활동하는 비합법 조직으로, 성질은 뒷골목 사회의 조직 중에서도 가장 잔인하고 가혹하다. 또한 보스의 명령에 절대 복종하는 강력한 법도로 끈끈한 결속을 유지하며 자신들을 대적하는 자들을 쳐부순다. 포트 마피아는 요코하마에서 가장 흉악한 비합법 조직이다.

그 포트 마피아의 무장 요인이 세 명. 시간을 끌면 압살당하고 만다.

"'돗포 시인'――섬광류탄!"

수첩에 글을 적고 찢어서 생각을 불어넣었다. 종이가 구불거리며 주먹 정도의 유탄으로 모습을 바꾸었다.

나는 깨진 창문으로 적을 향해 유탄을 투척했다.

섬광류탄은 적의 시각, 청각을 일시적으로 빼앗기 위한 목적으로 만들어진 광학 음향 병기이다.

적이 있는 곳 근처에서 폭발한 유탄은 병에 걸려 몸이 약한 사람이라면 심장을 멈추게 할 수 있을 정도의 섬광과 폭발 굉음을 발했다. 습격 상대가 섬광류탄으로 반격을 해 올 줄은 눈곱만큼도 생각하지 못했을 마피아 일단은 머리 옆을 누르며 몸을 웅크렸다.

그 틈을 노리고 나는 자동차에서 뛰쳐나와 적을 향해 달려갔다.

가장 근처에 있던 사람의 목 부분을 팔꿈치로 찍어 지면에 때려눕히고, 다음 사람의 몸을 쳐 올린 뒤 상반신을 발로 차 날려 버렸다.

마지막 한 사람이 덤벼들며 총신으로 때리려고 했다. 나는 상체를 옆으로 비트는 스웨이 동작으로 회피했다.

그리고 자세가 흐트러진 마피아의 손목을 잡아 비틀었다. 손목을 당기면서 바깥쪽을 비트는 '사방 던지기' 기술로 상대를 던져 버렸다.

공중에서 호를 그린 마피아는 두개골부터 머리에 부딪쳐 곧장 졸도했다.

"이거 참."

모두 기절했다는 사실을 확인한 뒤, 택시 옆까지 걸어갔다.

다자이도 할 일을 제대로 하고 있어야 할 텐데…….

그 순간, 등 뒤에서 엄청난 살기가 느껴졌다.

돌아보기도 전에 옆 방향으로 뛰었다. 방금 전까지 내가 있던 자리에 검은 흐름이 뚫고 지나갔다.

흐름은 택시와 충돌해 그대로 자동차를 절단했다.

양쪽으로 갈라진 자동차는 양 단면에서 나사와 축대를 흩뿌리며 공중으로 튀어 올랐다. 경악할 틈도 없이 나는 한 번 더 땅을 박차고 회피했다. 근처에 있던 표식이, 난간이 예리한 단면을 보이며 잘게 절단되어 갔다.

지면을 반쯤 구르며 방향을 다잡아 보니, 검은 외투를 걸친 몸집이 작은 청년 한 명이 멀찍한 곳에 서 있었다.

"콜록, 콜록──."

살기의 정체는 저 녀석인가.

"콜록── 간단한 부업이라 생각하고 얕봤는데, 세 명을 순식간에 제압하는 그 실력, 아주 훌륭하다. 다음은 나의 '라쇼몽'을 상대해야겠다."

무기도 없이, 싸울 자세를 취하지도 않은 채 때때로 등을 굽히고 기침을 하며 그저 걸어오기만 하는 청년. 하지만 그의 온몸에서는 광견 같은 악의가 소리 없는 폭풍이 되어 거칠게 휘몰아쳤다.

작은 키에 서양식 검은 외투. 검은 흐름을 다루는 이능력. 포트 마피아의 검은 재앙을 부르는 개.

"네놈은── 포트 마피아의 **아쿠타가와 류노스케**인가!"

"그렇다. 보스의 명을 받들고, 마피아의 앞마당을 어지럽힌 우매한 자의 목을 따러 왔다. 녀석은 어디 있지?"

"여기에는 없다. 꼬리를 말고 도망쳤다."

나는 운전사가 도망간 쪽을 가리켰다. 하지만 내 시선은 아쿠타가와를 계속 바라본 채였다. 한순간이라도 눈을 뗄 수가 없는 상대다.

최악 중에서도 최악의 상황이다. 포트 마피아의 아쿠타가와라고 하면, 뒷골목 세계에서 용맹을 떨치던 사람들도 도망칠 정도로 무시무시한 이름이다.

검은 이빨을 드러낸 재앙을 부르는 개. 파괴와 재난을 부르는 이능력자. 절망과 참극을 부르는 사도. 아쿠타가와를 장식하는 어둠의 이명은 너무나 많아 셀 수가 없다.

보는 건 이번이 처음이지만 택시를 두 쪽 내는 기술을 보니, 소문 이상으로 위험할 듯싶다. 어쩌지?

간단하다. 아쿠타가와의 노림수는 유괴범. 아쿠타가와가 그만큼 위험한 상대라면 목숨을 걸고서까지 유괴범을 감쌀 이유가 없다. 순순히 길을 비켜 주는 것이 상책이다.

"녀석은 증인이다. 남은 실종자가 어디 있는지 알아낼 때까지는 죽일 수 없다. 녀석을 쫓고 싶으면 나를 쓰러뜨려라."

"목숨을 걸면서까지 살인자를 감싸는 건가. 물론 그렇게 나와야지."

젠장. 내가 생각해도 정말 바보 같은 성격이다.

하지만 무장 탐정사의 일원으로서 무법자들이 사건의 증인을 죽이도록 그냥 내버려 둘 수는 없었다.

'해야 할 일을 해야 한다'. 수첩에 적힌 말을 되뇌었다.

아쿠타가와의 검은 외투가 굼실거렸다. 많은 원령들이 모이고 응축되어 일시적으로 형태를 만든 것처럼 보였다. 천으로 있기를 포기하고, 어떤 것은 발톱으로, 어떤 것은 송곳니로 형태를 바꾸기 시작했다.

"포트 마피아의 달리는 개, 아쿠타가와 류노스케. 간다."

"무장 탐정사의 일원, 구니키다 돗포. 간다."

아쿠타가와에게서 폭발적으로 발사된 검은 칼날이 소나기처럼 앞에서 날아들었다.

나는 옆으로 뛰었다. 검은 날의 몇 가닥이 옷을 찢었고, 나머지가 등 뒤의 벽에 무수히 많은 구멍을 뚫었다.

되돌아간 검은 날이 다시 습격하기 전에, 나는 수첩에 재빨리 글자를 적고 페이지를 찢었다.

종이가 순식간에 철선총의 모습으로 변했다. 방아쇠를 당겨 귀바늘을 쏘았다.

하지만 철도 뚫는 철선총은 아쿠타가와에게 명중하기 직전, 보이지 않는 벽에 막혀 튕겨 나왔다.

"아니……?!"

녀석이 방어 동작을 취한 모습은 보지 못했다. 이것도 녀석의 이능력인가?

허공에 떠 있던 철선이 되돌아오기도 전에, 아쿠타가와의 외투 일부가 검은 짐승의 목으로 변화했다. 포효를 한 굶주린 짐승의 머리가 수평 방향으로 용솟음쳤다. 빠르다!

몸을 비틀어 피했지만, 짐승은 왼쪽 어깻죽지를 이빨로 찢었다. 선혈이 튀었다. 하지만 지혈을 할 틈도 없었다. 잇달아 습격해 오는 검은 짐승의 이빨을 나는 후퇴하면서 회피했다. 반격은커녕 접근할 틈도 없다!

"도망치기만 할 것인가, 무장 탐정사. 시시하군." 아쿠타가와가 가만히 선 채 그렇게 내뱉었다.

식은땀이 뺨을 타고 내려왔다. ──강하다.

맞으면 치명적인 타격을 입을 수 있는 검은 날을 수 미터 거리에서 고속 사출하니, 반격은커녕 회피하는 게 고작이다. 게다가 장거리 무기도 쉽게 쳐 낸다. 운 좋게 명중시킨다 하더라도 조금 전 수수께끼의 장벽이 있으니, 사각이 없다.

쉬지 않고 습격해 오는 검은 날을 피해 포장도로에 착지한 순간, 정체불명의 한기가 엄습했다.

포장도로를 꿰뚫고 발밑에서 창 같은 검은 날이 일제히 솟아났다.

공중으로 주의를 끌어 놓고는 다른 검은 날을 이용해 지하를 뚫고 공격한 것이다!

몸을 비틀어 다시 도약하려고 했지만, 무게 중심이 너무 아래로 내려가 있었다. 늦었다.

몸의 옆구리를 검은 날이 관통해 등 쪽을 꿰뚫었다.

"크헉……!" 격렬한 통증이 시야를 물들였다.

나는 버티지 못하고 무릎을 꿇었다. 큰일이야, 다음 공격이 온다. 한 순간이라도 움직임을 멈추면 추가 공격을 받아 죽는다. 하지만 이제는 어쩔 수가 없다.

라쇼몽이 내 목에 그 검은 천을 둘렀다. 내 다리가 지면에서 떨어졌다. 큰 뱀이 머리를 쳐들듯 검은 천이 휘어지더니, 옆에 있는 벽에 나를 강하게 내던졌다.

"별것 아니군. 어차피 그날그날 벌어먹는 탐정꾼일 뿐인가. 이대로 목을 비틀어 주지."

검은 천이 조여들었다. 세계가 붉게 물들었다.

"이놈이고, 저놈이고…… 내 일을 방해하지…… 마라!"

목이 점점 조여드는 가운데 오른손으로 철선총을 쐈다. 하지만 표적은 아쿠타가와가 아니었다.

발사된 철선총의 귀바늘은 아쿠타가와의 옆, 건물 측면에 쭉 이어진 수도관에 명중. 아쿠타가와를 향해 수도수가 분출되었다.

"아니……?!"

아쿠타가와가 팔을 들어 물을 막으려 했지만, 고압에서 뿜어져 나오는 물은 아쿠타가와를 포함한 지면을 남김없이 적셔 갔다.

"어리석군. 물장난 정도로 내가 겁을 먹을 줄 알았나?"

나는 왼손으로 수첩의 페이지를 들었다. 조금 전 철선총을 만들었을 때 동시에 적었던 두 장째의 다음 페이지를.

"'돗포 시인'——스턴건!"

순식간에 변형된 주먹 크기의 휴대 고전압 스턴건에 전원을 넣고, 물웅덩이를 향해 투척했다.

번쩍. 지상에 별이 생겼다.

"으아아아아아아?!"

물에 떨어진 스턴건이 물을 전도체 삼아 자색과 흰색의 빛줄기를 뿜었다.

뱀처럼 구물거리는 자색 번개가 물에 젖은 아쿠타가와의 온몸을 뚫고 지나갔다.

지상에서 제2의 태양이 된 것처럼 빛을 내던 자색 번개는 수증기와 폭발음을 남기고 이윽고 사라졌다.

목을 조이고 있던 라쇼몽의 검은 천이 풀려 나는 포장도로에 안착했다. 그리고 아픈 목과 옆구리를 누르면서 아쿠타가와를 바라보았다.

"크, 크크…… 크하하하하."

아쿠타가와가 웅크린 채 어깨를 떨며 웃었다. 그 전격을 맞고도 아직도 움직일 수 있다니.

"무장 탐정사가 호스트의 소굴은 아니었다는 건, 가, 좋다. 실로 좋다."

"……덤비려면 얼마든지 덤벼라. 수첩의 페이지는 아직도 넘쳐나도록 많다."

나는 팔과 다리에 힘을 주며 다시 철선총을 겨눴다.

"네놈이 나를 이길 수 있는 그릇인가 아닌가, 꼭 맛을 보고 싶군…… 하지만, 안타깝게도 방해꾼이 들어온 모양이다."

아쿠타가와가 눈을 돌린 곳을 따라 보니, 시 경찰의 순찰차가 사이렌 소리를 울리며 다가오고 있었다. 총격전이 있었다는 신고를 받은 모양이다.

"배신자 한 명 정도야 어디로 도망가든 언제든 사냥할 수 있다. 이번엔 물러가지. 다음은 언젠가 다시."

아쿠타가와가 기침을 하면서 나에게서 등을 돌렸다. 그리고 그대로 떠나 버렸다. 마치 산책을 끝내고 돌아가는 듯 의욕이 없었다. 실제로 녀석의 입장에서 보면 이번 싸움에서 물러나든 아니든 큰 차이는 없겠지.

"두 번 다시 오지 마라……."

아쿠타가와의 등을 바라보면서 나는 땅에 무릎을 꿇었다.

포트 마피아의 아쿠타가와. 소문대로, 아니, 소문 이상으로 재앙을 부르는 개다. 다시는 싸우고 싶지 않다.

돌아가서 시체처럼 잠들고 싶다.

○　　○　　○

　　그렇지만 실제로는 잘 수도 없어 나는 조금 쉰 뒤, 다시 회사에 출근했다. 사건의 전말을 보고하기 위해서다. 탐정사의 의무실에서 배에 난 상처의 응급조치를 받은 다음 사무실에 돌아와 보니, 이미 다자이가 앉아 한바탕 일을 끝냈다는 듯한 얼굴로 차를 마시고 있었다.

　　"다자이. 운전사는 잡았겠지?"

　　"물론. 벌써 묶어서 군경에게 넘겼어. 범인도 이제 마피아에게 암살당하지 않는다며 기뻐하더군."

　　마음이 놓였다. 다자이도 맨 처음 생각했던 것만큼 바보는 아닌 듯하다.

　　마피아가 습격하자마자 다자이가 따로 행동하자고 했을 때는 '마피아가 습격했다는 사실을 알고 도망친 건가' 하고 의심했지만, 결국 모든 게 원만히 해결되었으니 그저 기우였다고 할 수 있겠지.

　　"그렇다면 일련의 사건의 범인은 그 운전사다. 그런 걸로 마무리인가."

　　고생고생하며 이리저리 뛰어다녔는데, 보수는 없다. 군경이 상장과 소정의 선물을 내려 주고 마무리, 한 건 해결. 대략 이렇게 되겠지. 이거 참.

　　"오늘은 이제 일할 기분이 아니다. 잡무를 끝내면 한잔 하러 가지."

"선배가 사는 건가?" 얼굴 한가득 기쁜 듯이 웃으며 다자이가 물었다.

"정말 얄미운 후배다. 내가 사 줄 테니 내일부터는 진지하게 일해라."

나는 내 책상으로 돌아가 남은 업무를 처리했다.

회람 서류를 훑어보고, 업무차 몇 군데에 전화를 걸었다. 그리고 이번 사건에 관한 보고서를 적었다.

아무 생각이 없이 보고서를 작성하는데, 업무용 컴퓨터에 전자메일이 도착했다. 크게 신경 쓰지 않고 별생각 없이 전자메일을 읽었다.

문장을 눈으로 좇았다.

마지막까지 읽고, 다시 한 번 처음부터 읽었다.

"다자이." 그렇게 부르고서야 비로소 자신이 숨을 쉬지 않고 있었다는 사실을 깨달았다.

"오늘 술자리는 중지다. 일이 들어왔다."

"뭐어~? 난 벌써 술 마실 생각에 위가 술잔 모양으로 움푹 꺼졌는데."

"의뢰가 왔다. 폐허로 우리들을 유도한 그 익명의 의뢰인이다."

목이 말랐다. 혀가 입에 달라붙었다. 이런 말은 하고 싶지 않았다.

"의뢰는 폭탄 제거. 내일 일몰 전까지 폭탄을 발견해 제거하지 않으면 백 명 이상이 죽는다."

막간 1.

심야.

떠들썩하고 바보스러운 번화가, 그 네온의 반짝임을 바라볼 수 있는 조용하고 먼 길가.

몇 명인가가 남몰래 자동차 안에 있었다.

자동차는 인기척이 없는 주차장에 세워져 있었다.

주차된 자동차 안에서 다이오드 형광 물질이 그 인물의 얼굴을 비추었다.

"귀찮은 일은 빨리 끝내자."

가만히 혼자 중얼거렸다.

무릎 위에 올려놓은 얇은 노트북을 두드렸다. 화면에 문자가 채워져 갔다.

"나는 이런 식의 전자 놀이는 잘 못하는 데 말이야."

엷게 웃으면서 그가 가볍게 키보드를 계속 두드렸다. 문자열이 춤을 추었다.

"——그래도 뭐, 이것만큼은 다른 사람에게 맡길 수 없으니까."

그는 어둑어둑한 곳에서 혼자 미소를 지었다.

"자, 탐정사는, 그리고 구니키다는 이 함정을 꿰뚫어 보고 —— 요코하마의 거리를 지킬 수 있으려나?"

그—— 다자이는 자동차의 창문으로 밖을 바라보았다.

물결치는 어두운 밤바다에 요코하마의 반짝이는 거리의 불빛이 거꾸로 비치며 흔들리고 있었다——.

3.

12일.

회사에서 머물며 밤을 샜다.

밤중에 혼자 잠들지 못해, 불을 켜고 앉았다.

많은 사람이 죽었는데, 또 많은 사람의 위기.

나와 그들 사이에 무슨 차이가 있을까. 모두 하늘 아래의 한 구석에서 태어나 같이 살다가 영원히 하늘로 돌아가는 자들이 아닌가.

신이시여, 가르쳐 주소서.

"모든 사원에게 보고해야 하는 안건에 관한 회의를 시작하겠습니다."
탁자를 둘러싸고 늘어선 출석자들에게 말을 걸었다.

이곳은 응접실로 사용되는 회사의 회의실이다. 탁자에는 사무원, 조사원을 포함해 일곱 명이 앉아 있었다. 탐정사의 거의 모든 주력 인원이라 해도 과언이 아니다. 이 정도의 멤버가 한 번에 모이는 사태는 매우 드물다.

나는 자료를 돌리고 설명을 시작했다.

"사건의 경과에 대해서는 각 사원에게 나눠 준 자료를 참조해 주십시오. 간추려 얘기하면 탐정사는 협박, 그것도 악질적이며 용의주도한 추문 공격을 받고 있습니다."

"탐정사에 큰일이 났다는 건 여기에 있는 사람들 모두 다 아니까, 폭탄 사건인가 뭔가의 개요에 대해 말해 줘."

그렇게 말한 사람은 참가자 중 한 사람. 회사의 전속 여의사 요사노 선생님이었다.

"알겠습니다. 이게 협박을 한 사람이 보낸 전자메일입니다. 범인을 떠올리는 데에도 도움이 될 테니, 꼭 한번 읽어 주십시오."

나는 자료를 펼쳤다. 인쇄된 종이에는 정중한 문체로 다음과 같이 기록되어 있었다.

삼가 아룁니다

귀사가 더욱더 번영하기를 바랍니다.

지난번에 요청한 건물 조사의 건, 신속하게 처리해 주셔서 깊이 감사드립니다. 일이 끝난 지 얼마 되지 않았으나, 다음 의뢰를 부탁드리고자 합니다.

조금 전 저희들이 시내 모 장소에 대규모 폭약을 설치했습니다. 따라서 시민들의 안전을 위해 이 폭탄을 신속히 발견, 제거해 주시길 부탁드립니다.

한편, 이 폭탄의 기폭 제한 시간은 내일 일몰이며, 그 기한까지 사건이 해결되기를 강하게 바라는 바입니다.

저희들이 제조한 이 폭탄은 어떤 사건 때에 백여 명의 귀중한 목숨을 앗아간 것입니다. 그 사건으로 인한 피해는 처참하기 이를 데 없었습니다.

태양이 떨어진 듯한 흰 빛과 사라지지 않는 불꽃. 늘어선 건물은 송두리째 무너졌고 사람들은 불에 불타면서 이리저리 헤맸으며, 도로는 용해됐고, 날아온 자동차가 건물에 박혀 불탔습니다. 그야말로 지옥 그 자체였지요. 이러한 참상이 요코하마 시내에서 일어나지 않도록 탐정사 여러분이 분골쇄신하는 노력을 해 주십사, 거듭 부탁의 말씀 올립니다.

사족입니다만, 지난번 의뢰와 마찬가지로, 탐정사 여러분의 동향을 영상으로 수집하고 있습니다. 만약 안타깝게도 폭탄 제거에 실패했을 경우에는 지난번과 마찬가지로 실패한 장면의 영상을 공개할 예정이오니, 아무쪼록 이해 부탁드립니다.

마지막으로 여러분의 건강과 행운을 간절히 바랍니다.

감사합니다.

창색 사도

"……아주 기분 나쁜 편지네." 요사노 선생님이 그렇게 말을 내뱉었다.

"그렇습니다. 지난 폐병원의 감시 장치를 생각하면 명백하게 '창색 사도'라고 이름을 밝힌 의뢰인이야말로, 탐정사의 평판을 떨어뜨린 영상을 각 언론사에 배포한 범인이자, 이번 폭탄 협박의 주범입니다. '탐정사가 폭탄을 발견해 제거하지 못하면, 지난번과 마찬가지로 실패한 모습을 세상에 뿌리겠다'는 협박이라 생각합니다."

"범인의 목적은 탐정사의 이름에 먹칠을 하는 것인가." 사장님이 냉정하게 말했다.

"아마도 그런 것으로 추정됩니다."

탐정사는 수없이 많은 난리통을 해결해 왔다. 직접적인 폭력으로는 군대 1개 사단이 덤벼들지 않는 한 함락할 수 없다.

하지만 영리 기업이자, 의뢰인의 신뢰를 먹고 사는 상업 활동을 하는 이상, 이런 식의 스캔들이 일어나면 회사가 기울 수밖에 없어진다. 폭탄 제거 실패에 대한 보도가 과잉 양상을 띠어 사법이 개입하기라도 하면, 탐정사의 평판은 땅에 떨어져 간판을 내걸기가 불가능한 사태로 내몰리게 된다.

"폭탄의 설치 장소가 어디인지 짐작 가는 곳은 없나?"

"'폭발로 백여 명을 죽일 수 있는 장소'를 바탕으로 사무 쪽에서 가능성이 있는 장소를 찾고 있습니다. 하지만 역이나 빌딩을 비롯해 가능성이 있는 장소가 무수히 많아, 그 안에서 제한 시간 내에 폭탄을 발견하기란 매우 어렵지 않을까 생각합니다."

"감시 영상 쪽은 어떤가?"

그렇다. 범인이 협박문에 써 놓은 대로 탐정사의 평판을 떨어뜨리는 데에는 '폭탄 제거 실패' 영상을 기록해 항간에 뿌릴 필요가 있다. 그를 위해 지난번과 마찬가지로 몰래 카메라를 활용할 게 틀림없다.

하지만──.

"감시 장치, 또는 도청 장치는 모두 배터리형의 최신 장치를 사용할 경우, 며칠간의 영상·음성을 수집할 수 있습니다. 형태도 주사위나 만년필 정도로 작아서, 폭발로 기능이 정지되기 바로 직전까지 데이터를 계속 무선으로 전송합니다. 폭탄보다도 더 발견이 어렵기 때문에 현실적으로는 대응할 방법이 없습니다. 만약을 위해 도매업자에게 그러한 장치를 대량으로 구입한 자가 있는지 묻고는 있습니다만──."

현재로선 도움이 될 만한 대답이 없다.

"'창색 사도'라는 이름의 범죄자는?"

"그쪽도 현재로선 찾지 못했습니다."

'창색 사도'. 첫 번째 의뢰와 다른 점은 범인이 스스로 자신의 이름을 밝혔다는 점이다. 무슨 의미가 포함되어 있을지도 모른다.

현재 판명된 것으로는, '창색 사도'가 폭탄에 대해 많은 지식을 지니고 있다는 것, 어떤 이유에선가 탐정사의 이름에 먹칠을 하려고 계략을 세웠다는 것 정도다.

"현재, 협력 기관에 연락해 폭탄에 관한 지식이 있으며, 동시에 탐정사에 원한을 지닌 인물의 리스트를 모으고 있습니다."

"란포 씨한테는 아직도 연락이 안 돼?" 요사노 선생님이 물었다.

분명히 란포 씨에게는 사장님이 직접 연락을 하셨을 텐데——.

"오늘 아침에 연락이 됐다. 규슈 사건도 이제 마무리 단계인가 보더군. 이쪽으로 돌아올 예정이지만, 일몰 전에 돌아오기는 힘들 듯하다." 사장님이 팔짱을 끼고 대답했다.

요사노 선생님이 말한 란포 씨란, 탐정사의 주력 조사원이자 이능력자인 에도가와 란포 씨를 말한다. 살인, 상해, 유괴에 이르기까지 사건을 마주하기만 해도 진상을 간파하는 '초추리(超推理)'라는 엄청난 이능력을 소유하고 있다. 이번 사건도 란포 씨가 있으면 결국 해결될 것이다—— 하지만 공교롭게도 중앙 관리의 무리한 의뢰로 규슈에 출장을 가 있는 상황이다. 백발의 죽은 자가 되살아나 아내와 절친한 친구를 살해한다고 하는 기괴한 살인 사건을 조사 중이라 바로 요코하마에 돌아올 수 있는 상황이 못 된다.

"그, 구속 중인 운전사와 접견을 할 수는 없는가?" 사장님이 다시 물었다.

"운전사는 현재, 군경의 특수 항공 수송기에 탄 채 하늘에

떠 있는 상태입니다. 마피아의 암살을 우려한 격리 조치이지만, 그 때문에 접견은 어렵지 않을까 합니다."

표적이 하늘에 있으니, 아무리 마피아라 한들 손을 댈 수 없다. 하지만 그 때문에 이번 사건의 중요 참고인인 택시 운전사에게 정보를 수집하기가 어려워졌다.

"군경의 첩보부에게 얘기를 해 두지. 항공 수송기와 통신을 하여 질문 사항에 대해 문서로 대답할 수 있도록 요청하겠다."

"바로 질문장을 만들겠습니다."

그 운전사가 '창색 사도'라고는 생각하기 어렵다. 유괴 피해자를 감금한 장소를 녀석이 굳이 탐정사에 메일로 알려줄 리가 없기 때문이다. 운전사도 자신의 범죄를 '창색 사도'에게 밀고 당했으니, 어떤 의미에서는 피해자이다. 그렇다면 운전사와 '창색 사도'는 무슨 관계인가.

결국 녀석이 뭔가를 알고 있기를 기대할 수밖에 없다.

"모두 들어라. 이번 사건은 무장 탐정사를 향한 더러운 정보 공격이다. 조사 대상은 둘. 공격자인 '창색 사도'를 발견하는 것 및 폭탄의 제거이다. 그 중에서도 최우선 사항은 시간 제한이 설정되어 있는 폭탄이다. 만약 이 폭탄의 발견 유무와 관계없이 인명 피해가 생긴다면, 우리는 탐정이라 칭할 자격이 없다. 이것은 사원으로서가 아니라, 한 사람의 인간으로서 자존심을 건 싸움이라는 것을 명심해라. 조사 시작."

사장님의 호령과 함께 모두가 자리에서 일어나 행동을 시작했다.

○　○　○

　숨을 쉴 틈도 없을 만큼 한시가 급한 조사가 시작되었다. 기한은 오늘 일몰. 그때까지 시내 어딘가에 설치되어 있을지 알 수 없는 폭탄을 찾아내야 한다. 시간이 부족하다.

　한창 조사를 하다가 떠오른 게 있어 전화를 들었다. 로쿠조 소년에게 첫 번째 메일 역탐지를 지시해 두었던 사실을 떠올린 것이다. 그 조사가 어느 정도 결실을 맺었다면 사건은 단숨에 진전을 보이게 된다.

　긴 호출음이 울린 뒤, 로쿠조 소년이 전화를 받았다.

　"네에~⋯⋯ 이쪽은 다구치입니다. 지금 부재중이니⋯⋯ 후아아~암, 부재중입니다. 그럼 이만."

　"이봐, 장난하나? 급한 용무다."

　"뭐야⋯⋯ 안경이잖아? 지금 몇 시인 줄 알아? 아직 아침 아홉 시밖에 안 됐어."

　"아침 아홉 시에 자는 사람은 너뿐이다, 이 사회 부적응자야. 일찍 자고 일찍 일어나라. 그리고 밖에도 좀 나가라. 건강에 좋지 못하다."

　"뭐야, 잘난 척은. 당신이 우리 아버지야?"

　"아니다. 나는——."

　네 아버지는 될 수 없다.

그렇게 말하려다 말을 집어삼켰다.

"아무튼 사태가 급변했다. 그 의뢰문을 보낸 사람을 신속히 발견해야 한다. 조사에 진전은 있나?"

"그거 말이야~. 생각보다 어려워. 전문적인 이야기는 생략하겠지만, 발신지를 찾지 못하게 몇 중이나 되는 우회로를 거쳐 메일을 보내는 농간을 부려 놨더라고. 초짜의 장난이 아냐, 그건."

상대가 초짜가 아니라는 사실은 이미 실제 체험을 통해 이미 확인하였다.

"같은 발신자에게서 두 번째 전자메일이 왔다. 그것도 참고해서 발신지를 찾을 수 있겠나?"

"가능성은 높아지지만 해 보지 않으면 알 수가 없어. ──물론 아예 방법이 없는 건 아니야."

"무슨 의미지?"

"우회 거점에 프로그램을 심는 거지. 거기서부터 다시 발신지를 역탐지하는 거야. 품은 좀 들지만 좀 더 확실한 방법이야. 단, 살짝 법에 걸리지만."

"상관없다. 큰일을 앞에 두고 작은 일에 구애될 필요는 없다. 해라."

"어? 정말? 결벽증이 있는 안경답지 않네? 지금 대화 녹음했다? 방금 통화 녹음을 넘겨줄 테니 내가 탐정사에 침입 했던 기록을 넘겨라. 이렇게 말하면 어쩌려고?"

"그때는 넘겨주지. 그러니까 빨리 해라."

애당초 그 기록을 관청에 제출할 생각은 없었다. 교환 구실을 만들어 주기 위해 일부러 실언을 한 척 한 것인데, 로쿠조 소년은 거기까지는 눈치채지 못한 듯했다.

"통이 크네, 안경. 의뢰비는 따로 꼭 내야 된다?"

그 말을 끝으로 전화가 끊겼다.

전화가 끊긴 수화기를 들고 잠시 생각을 해 보았다.

감상에 젖어 있을 틈이 없다. 최우선 사항은 어디까지나 폭탄. 제한시간까지 찾지 못하면, 최악의 경우 사상자가 나오는 대재앙이 된다. 그런데 지금은 아무런 단서가 없다.

빌어먹을. 이런 때에 다자이는 대체 어딜 간 거냐.

○　　○　　○

다자이는 번화가에 나가니 쉽게 찾을 수 있었다.

도로에 접한 오래된 커피 찻집에서 여성을 꼬시는 중이었다.

"요코하마는 처음이죠? 괜찮으시면 제가 안내해 드리겠습니다."

"죄송합니다. 저를 위해서…… 하지만 정말 괜찮으신가요? 탐정사는 지금 폭탄 소동으로 큰일이 난 모양이던데. 구니키다 님도 아침 일찍부터 연락이다, 조사다 매우 바빠 보이시던데요."

"구니키다는 일밖에 모르는 남자라서 말이죠. 아세요? 그 인간은 열두 시에 약속을 하면 앞뒤 오차 10초 이내로 약속 장소에 도착하는 모양이에요. 꼭 기차 같죠?"

"어머나…… 그런가요?"

"이봐, 다자이! 일을 땡땡이치지 마라. 그리고 내 이야기를 여성을 꼬시기 위한 소재로 삼지도 마라."

"그리고 말이죠. 구니키다는 얼마 전 폐병원에 가서도 유령에 벌벌 떨면서 소녀처럼 울먹이는 소리로——."

"내 말 좀 들어라!"

사사키 여사와 즐겁게 대화하던 다자이의 뒤통수를 강하게 때렸다.

"아야! 뭐야, 구니키다. 어? 구니키다, 있었어?"

"있었어? 는 무슨 있었어냐. 이 자식, 알면서 계속 한 주제에. 탐정사가 긴급 사태에 빠졌는데 너는 왜 한가하게 데이트를 하고 있나. 게다가 이 여자분은 사건의 피해자란 말이다!"

"부러워?"

"안 부럽다!"

결단코, 절대 부럽지 않다.

"정말로. 이 여자분은 범인에게 죽을 뻔해 마음에 상처를 입은 피해자잖아? 그러니 이 여자분을 경호하면서 마음을 보듬어 주는 일이야말로 탐정사의 중요하고 긴급한 임무가 아닐까? 그리고 경험상 괴로운 일을 당해 상처 입은 여성은 다정함과 미소와 포용력으로 넘어오게 할 수 있지."

"마지막 대사로 모든 게 헛소리가 됐다, 이 멍청아."

……일단 조금 있다가 수첩에 메모를 해 두자.

"하지만 진중하지 못하고 경솔한 인간이 옷만 걸치고 돌아다녀 봐야 과연 기회가 있을까? 이 정도 미인이시면 애인 한 명 정도는 있을 텐데."

"그러니까 구니키다는 구니키다인 거야. 물어보니 사사키 씨는 친척도, 의지할 지인도 없다고 하더라고. 유일한 애인과도 얼마 전에 헤어졌대."

──의지할 사람이 없다고는 들었지만 그 정도였나.

"그러니까 구니키다, 기회야." 간들거리는 표정으로 다자이가 내 옆구리를 팔꿈치로 찔렀다.

"뭐가 말이냐."

무슨 말인지 모르겠다. ……같은 표정을 지었다.

"잘 들어라, 다자이. 내가 이곳에 온 이유는 아침 회의를 땡땡이친 너에게 상황을 설명해 주기 위해서다. 다음에도 또 땡땡이를 치면 네가 자살했을 때 신속하고 적절한 조치를 취해 무사히 생환하게 만들 테니 그렇게 알도록."

"으악, 구니키다. 치사한 생각을 하다니……." 다자이가 불쾌한 표정을 지었다.

다자이의 표정에 만족한 나는 손에 든 서류를 탁자 위에 늘어놓았다.

"최신 정보다. 군경이 청취 조사를 했을 때 유괴범인 운전사가 진술한 기록이 도착했다. 녀석은 폐병원에 실종자를 감금하고 도망 방지용 가스를 설치한 사실을 인정했다고 한다. 단, 인정한 것은 거기까지. 몰래 찍은 감시 영상 장치를 설치한 사실은 없다고 말했다. 녀석이 이제 와서 거짓말을 했을 것이라고는 생각하기 어렵다. 즉."

"범인은 적어도 두 사람이라는 거군. 유괴한 녀석과 촬영한 녀석. 유괴한 녀석은 운전사이고—— 촬영한 녀석이 '창색 사도' 인가?"

"아마도 그렇겠지."

"저어." 사사키 여사가 조심스럽게 말을 걸었다.

"이런 이야기를 제가 들어도 괜찮은 건가요? 탐정사의 수사 기밀이라든가…… 관계자 이외의 사람에게 유출해서는 안 된다는 규칙에 저촉된다든가 하는 게 아닌지……."

"사사키 씨는 피해자니까 엄연한 관계자예요. 걱정할 거 없습니다. 그렇지 않고서야 귀신같이 규칙을 지키는 구니키다가 사사키 씨 앞에서 설명을 하지는 않을 테니까요."

"나는 그렇게 엄격하게 규칙을 지키는 편이 아니다. 그냥 평범하다."

"봤죠? 이렇게 가끔 멋진 농담도 날리는 유쾌한 선배입니다. 그래서? 그 외에 우리가 쫓아야 할 범인의 단서는?"

"평범하다."

"……미안. 평범하구나. 응, 설명 계속해."

왜인지는 모르겠지만 사과를 받았다.

"그럼 계속하겠다. 이게 그 운전사의 경력을 조사한 결과다. 이 정보를 보면 녀석은 뒷골목 사회와는 아무런 연관이 없는 아주 평범한 택시 운전사였던 듯하다. 범죄 경력도 없고, 수상한 교우 관계도 없다. 그런 녀석이 단독으로 유괴를 하기로 마음먹고, 장기 밀매 조직의 바이어와 교섭을 했다고는 생각하기 어렵다. 녀석에게 장기 밀매라는 '돈벌이' 이야기를 해 준 녀석이 있을 거다."

"그 녀석이 '창색 사도'? 그럼 운전사에게 이름을 물으면 되는 게 아닌가?"

"그것만큼은 말할 수 없다는 듯하다. 말하면 그때는 정말로 세상과 작별할 거라고 하면서―― 몸에 난 털 모두를 뜯어서라도 불게 하고 싶지만, 공교롭게도 녀석은 하늘 위에서 엄중 경비를 받고 있어서 말이지. 군경에게 접견을 하게 해 달라고 사전 공작을 하는 사이에 제한시간이 다가오고 만다."

대체 이번 사건의 범인은 누구일까.

운전사에게 장기 밀매 이야기를 꺼내고, 폐병원에 감시 카메라를 설치한 것도 모자라, 폭탄을 제조해 어딘가에 설치한 뒤 탐정사를 협박하고 있다. 녀석의 목적은 대체 뭐지?

"죄송합니다. 주제넘은 말씀이라고는 생각하지만……." 가만히 듣고 있던 사사키 여사가 입을 열었다.

"조금 전부터 계속 언급된 '창색 사도'라는 인물 말인데요…… 그 '창색기 테러리스트' 사건의 범인이 아닐까요?"

"그 사건 말입니까."

'창색기 테러리스트' 사건.

로쿠조 소년의 아버지가 순직한 그 사건이다.

나도 '창(蒼)'이라는 글자를 본 순간, 녀석의 짓이 아닌가 하며 잠시 의심했다.

"하지만 사건의 주모자인 '창왕'은 스스로 폭탄을 안고 죽었습니다. 죽은 자가 살아 있는 사람을 협박할 수는 없습니다. 그게 이 세상의 진리입니다."

"구니키다, 멋진 소릴 하는군. 그럼 유령 따윈 무섭지 않겠지?"

"유령 얘기는 두 번 다시 하지 마라."

"하지만…… 폭발이 아주 거대해서 '창왕'의 유해는 흔적도 없었다고 들었는데요. 혹여 죽음을 위장하고 도망하여 지금도 어딘가에서 은거하고 있는 게 아닐지……."

그에 관해선 나도 의심이 가 군경에 문의했다. 하지만 대답은 '노'였다.

"군경의 현장 해석반에 의하면 '창왕'이 폭발 현장에서 사망한 사실은 틀림없다고 합니다. 그들의 해석 기술은 확실하죠. 게다가 같은 식구인 경관이 그 사건에 휩쓸려 순직한 현장에서 그들이 실수를 했을 거라고는 생각하기 어렵습니다."

"하지만……."

"나는 말이야, '창왕'에 대해서는 잘 모르지만, 정말로 탐정사에 복수를 하기 위해 지옥 밑바닥에서 기어올라 올 것 같은 녀석이야?"

정말 공부가 부족한 녀석이다. 나는 어쩔 수 없이 설명했다.

창왕이란 정부 시설을 노린 습격·파괴 사건, '창색기 테러리스트' 사건의 주모자이다. 국내의 개인 단독 범행으로서는 규모·영향력 모두 세계대전 후 최악이라고 알려져 있다.

창색기를 내걸기 전, 창왕은 그저 우수한 국가 관료였다고 한다.

최고의 학부를 수석으로 졸업하고 해외 유학을 다녀온 뒤, 중앙 문관으로서 행정과 입법의 세계에서 입신출세의 뜻을 품은 아주 반듯한 청년. 그런데 왜 파괴에 의한 숙청에 뜻을 두게 되었는가. 진상은 확실히 밝혀지지 않았다.

어느 날 국내의 주요 방송국에 녹화 영상 하나가 전달되었다. 그것은 물들인 창색기로 얼굴을 숨긴 청년의 범행 성명이었다. 방송에서 청년은 스스로를 '창왕'이라고 칭하더니 불완전한 세계를 한탄하며, 불완전한 것은 불완전한 것으로 채울 수밖에 없다고 말했다.

'우리들이 아무리 강하게 염원해도 이웃은 병들고 부모님은 죽으며 악인은 극히 일부만이 처벌받는다.

그렇다면 갈구하자, 이상적인 세계를.

신의 손이 아니라 불완전한 우리의 피에 젖은 손으로.'

그 선언과 동시에 국내의 정부 시설 세 곳이 공격당했다. 시 경찰 관련 시설 방화, 주행 중인 자동차의 추돌, 군경의 경찰서 폭파. 추후의 조사에 따르면 공격으로 인한 피해자는 각각 여덟 명이었는데, 그 피해자는 검찰의 서류 미비로 무죄 방면된 살인범, 개발도상국 난민 지원 예산을 사적으로 착복했다는 소문이 돌던 여당 국회의원, 젊은 헌병을 폭행해 죽이고 조직적으로 은폐했다고 하는 군경 소대였음이 밝혀졌다. 그리고 그 모두가 공격에 의해 사망했다.

그는 법으로 재판받지 못한 범죄자를 범죄 행위로 단죄한 것이다.

이 전격 작전에는 모두가 경악했다. 경비가 엄중하고 고도의 방어망이 깔린 정부 시설을 모두 동시에 파괴했기 때문이다. 아무도 그런 식의 공격이 가능할 것이라고는 상상조차 하지 못했다.

그 후에도 창왕의 범행, 그리고 단죄 행위는 반복되었다.

완전히 체면을 잃은 군과 정부 당국은 창왕의 신속한 발견과 체포를 전국에 지시했다. 그리고 탐정사에게까지 응원 요청이 들어왔다.

그 후의 일은 조금 전에 이야기한 대로다. 아지트의 발견, 돌입과 자폭. 높게 쌓인 사망자의 시신 위에 세워진 사건의 해결.

"하지만 범인이 창왕이라면 왜 이토록 탐정사의 신용 실추를 노리는지 알 수가 없다."

"그가 원망하는 사람은 자네 아니야, 구니키다?"

"창왕이 나를?"

분명 창왕을 발견할 수 있도록 직접적인 정보를 제공한 사람은 나다. 내가 시 경찰에 아지트에 대해 연락했고, 그 뒤로 체포반이 움직였다. 하지만── 설마.

국내 범죄 사상 최악의 테러리스트인 '창왕' 의── 망령.

'창왕' 은 죽어서도 여전히 자신의 원한을 갚기 위해서 나와 탐정사에게 복수의 손길을——.

"아무튼 간에 상대의 정체를 알기 전까지는 경계를 해 두는 게 좋겠어. 누가 언제 당할지 몰라. 사사키 씨도 안전한 곳에 숨겨 줘야겠고."

"그렇다면 탐정사 사무실 안인가? 하지만 그곳은 밤에 아무도 없을 텐데. 대체 어디에——."

순간, 나는 다자이의 계략을 눈치챘다.

"설마 너, 피해자의 안전을 위한다는 핑계로 부녀자를 자신의 방에 끌어들일 생각은 아니겠지? 이 자식, 절대 용서 못한다. 매일 밤 그토록 음란하고 저속하며 불건전한 관계를 가지다니. 네놈은 짐승인가. 정말 괘씸하군. 나라면 좀 더 상대를 뭐랄까, 친절하게——."

"잠깐, 구니키다. 난 사사키 씨한테 아무 짓도 안 했는데?"

"뭐?"

"그러니까, 첫날에 집에 재워 줬을 때도 나는 옆방에서 잤고, 그 이후로도 손가락 하나 안 댔어. 아무리 그래도 죽을 뻔한 당일 날 밤에 유혹을 하다니 비상식적이잖아? 무서운 선배의 눈도 있고."

어……? 그런 거였어? 그럼 내 지레짐작인가?

"물론 구니키다가 착각했다는 걸 벌써 알고 있었으면서도 재미있어서 방치한 건 사실이지만."

이 녀석은…….

하지만 나같이 순수하고 청렴하며 올바른 사람이 이런 식의 잘못에 빠졌을 경우, "하룻밤 집에서 재워 줬다고 상스러운 억측을 하다니, 구니키다는 완전히 변태네."라는 한마디에 이치에 맞는 모든 말을 봉쇄당할 테니, 반론도 하지 못하고 속으로 끙끙댈 수밖에 없다. 그런 일이 없었다는 것만으로도 그냥 좋다고 해 두자.

 ……하겠지, 억측. 다자이가 아닌가?

 아무튼 간에 다자이가 여성만 보면 금방 손을 대는 멍청이가 아니었다는 것은 최소한의 위로였다. 사건의 피해자와 얼마나 거리감을 유지할지는 실로 어렵다.

 "헷갈리는 소리는 하지 마라. 아무 일도 없었다니 정말 다행이다. 앞으로도 사건의 관계자와는 적당한 거리를 두고 적절한 관계를 쌓아 나가라. 그게 프로다."

 "……알았어."

 다자이는 힘차게 고개를 끄덕이고는 사사키 여사 쪽을 바라보았다.

 "그런데 사사키 씨, 좋아하는 남자는 어떤 타입이에요?"

 "네가 말하는 '알았다'는 대체 무슨 의미냐?!"

 앞서 한 말을 취소. 이 녀석은 그저 호색한이다.

 "타, 타입 말씀인가요……? 제가 남성에게 어떤 타입을 요구하다니 주제 넘는 것 같아서 매우 죄송스럽지만…… 저는 이상에 불타고 무언가에 몰두하는 남성이 아주 멋지게…… 느껴지더라고요."

 뭐라고?!

"아~, 이럴 수가. 완전히 구니키다잖아. 나는 전혀 안중에도 없는 것 같아. 쳇, 그럼 이젠 둘이서 이야기해 봐. 나는 양손의 손가락이 몇 개인지 점검해 볼 테니까."

"이, 이봐, 다자이! 멋대로 대화에서 빠지지 마라!"

"자네, 뭐 하는 거야? 몇 개까지 셌는지 잊어먹었잖아."

"삐치지 마라! 됐으니까 어서 앉아!"

이런 타이밍에 둘만 남으면 무슨 얘길 하면 좋을지 몰라 쩔쩔 매게 된단 말이다!

"하지만 저…… 저는 워낙에 평범한 여자라 이상을 위해 매진하는 분 곁에 있었을 때 아무런 도움도 되지 못했고, 결국 그분이 이상과 저 중에 이상을 선택해, 저는 버림받고 말았어요. 그래서 이상주의자인 분과 교제하는 건 앞으로 자제할 생각이에요."

허무하게 미소를 짓는 사사키 여사. 뭐야…….

"구니키다는 표정이 너무 잘 드러나는군."

"나, 나는 딱히 아무 생각도 안 했단 말이다! 다자이, 저리로 가라!"

"아파!"

다자이의 목을 억지로 비틀어 다른 방향을 향하게 했다.

"오라고 했다가 가라고 했다가, 정말 헷갈리게 만드는 사람이네. 처음 얘기로 돌아가지."

……무슨 얘기를 했었지?

"아, 사사키 여사의 안전 문제였다. 일단 경찰 관계자와 연줄이 없는 건 아니지만⋯⋯."

"저어⋯⋯ 잠자리까지 제공해 주시고 마음을 써 주셔서 정말 기쁘지만, 역시 폐를 끼치는 것 같아서⋯⋯ 오늘부터는 호텔이라도 잡을 테니 부디 신경 쓰지 말아 주세요."

"안 됩니다. 호텔은 안전하다고 할 수 없고, 그 사건이 일어난 뒤라 꺼림칙합니다. 그렇다고 다자이의 집에서 주무실 경우 언제 이 녀석이 짐승으로 변할지 알 수 없으니, 저희 집으로 오시지요."

"네?"

"응?"

"아니, 딱, 딱히 뒤가 켕길 만한 동기는 없다!"

"아니, 방금 이야기의 흐름으로 봤을 때 명백하게 뒤가 켕기는 생각을 한 거 아닌가? 포기를 모르네."

"아니다! 나는 그저 순수하게."

"아하하, 거짓말이에요. 사사키 씨, 구니키다의 집이라면 안전을 보장할 수 있습니다. 게다가 그 문제도 괜찮아요. 구니키다는 그런 배짱이 없으⋯⋯니까가 아니라, 이 남자는 이상에 따라 사는 보살 같은 사람이니까요. 이 남자의 수첩을 보시겠어요? 구니키다의 이상형이 얼마나 굉장한지."

다자이가 사사키 여사에게 수첩을 건네주었다. 나는 깜짝 놀라 주머니를 두드렸다. 수첩이 없다.

"다자이! 대체 언제 수첩을 빼낸 거지?"

"보세요, 이 페이지." 다자이기 수첩을 열어 가리켰다.

"어머…… 이런 걸 봐도 될까요?"

"흥미 있으시죠?"

"네…… 저, 솔직히 말씀드리면 조금 신경이 쓰이긴 하는데요."

쑥스럽게 웃으며 수첩의 글을 읽는 사사키 여사.

점점 표정이 사라져 갔다.

"어? 이게 대체…… 그렇구나. 하지만 이건……."

이상형.

수첩에 여덟 장에 걸쳐 적어 놓은 열다섯 항목. 58요소에 달하는 초대작이다.

"어……? 아, 그러니까…… 응~, 아……."

다자이의 말을 떠올렸다.

'그 페이지는 절대 여성에게 보여 주지 않는 게 좋아. 자넬 경멸할 테니까.'

사사키 여사가 수첩을 다 읽고 고개를 들었지만, 조금 전의 그 미소는 이미 사라지고 없었다.

있는 것이라곤 그저 조각된 석고상처럼 생명력이 고갈된 극저온의 미소뿐.

"구니키다 님."

"네……."

"이건 말도 안 돼요."

◯　　◯　　◯

누가 술 좀 가지고 와라.

◯　　◯　　◯

우리나라의 중심, 경제, 정치의 중앙 기능이 모여 있는 수도 도쿄.

그 건축물에는 다양한 종류의 사람이 드나든다. 갈색, 백색 등, 수많은 인종의 외국인이 일한다.

그곳은 추일합충국 대사관.

우리나라 영내에서 가장 넓은 외국 영토이다.

일반 방문객이 늘어서 있는 대합실에는 오후가 지났는데도 불구하고 사람들이 묵묵히 순서를 기다렸다. 모두 재판을 기다리듯 아무 말 없이, 본인 이외에는 아무도 보이지 않는다는 듯이 무언가를 가만히 노려보았다.

고정된 박막 액정에는 메이저리그의 실황이 중계되었는데, 검은 모자를 쓴 장년의 백인 남성이 노곤하게 자신의 응원팀이 실점한 상황을 보고 불평을 하고 있었다.

나는 옆에 있는 다자이를 보았다. 다자이는 아주 기쁘다는 듯이 웃고 있었다.

이제부터 시작할 작전이 아주 즐거워 어쩔 줄을 모르는 거겠지.

옷을 일은 아니다.

"구니키다, 준비는 됐어?"

"벌써 위가 아프다. 부탁이니 실수하지 마라. 잘못하면 우리 둘 다 국제법으로 재판을 받게 될 테니까."

"국제 범죄자…… 뭔가 멋지지 않아? 자, 가자!"

"이봐, 다자이!"

솟구치는 불안 때문에 다자이를 불러 세우려 했지만, 다자이는 이미 접수처를 향해 걷는 중이었다.

더욱이 다자이의 옷은 잇대어 꿰맨 부분이 가득할 만큼 너덜너덜한 일본식 옷. 나는 감색의 고급 정장에 넥타이까지 했다.

다자이는 대사관 직원이 일하는 접수처에 가더니, 입을 열자마자 큰 소리로 이렇게 말했다.

"저기~, 아~직~이~야~아아아?! 벌써 여섯 시간이나 기다리고 있는데~!"

주변 사람들이 돌아보았다. 일본인 여성 접수처 직원이 당황한 표정을 지었다.

"뭐야뭐야뭐야, 정말 뭐야. 난 더 이상 못 기다려! 당장 윗사람 불러와요!"

다자이는 손발을 마구 휘저으며 접수처를 향해 계속 투덜거렸다. 아무리 작전이라지만 다 큰 어른이 저런 짓을 하니, 너무 한심해 보여 이쪽이 피를 토할 것 같았다. 나라면 저런 작전을 쓸 바에야 그냥 독을 먹고 죽겠다.

"저어, 정말 죄송하지만, 무슨 일이신지요?"

접수처의 일본인 여성이 혼란스러워하면서도 그렇게 물었다. 대응에 문제는 없지만 상대가 문제였다.

"그러니까, 조금 전에 말했잖아! 망명이야, 망명! 나는 당신들의 긍지 높은 연방공화합중국에 망명하길 진심으로 원하고 있어요! 그런데 아까부터 아무리 기다려도 처리가 안 돼! 아니면 입국 거부? 거부인가요? 일개 사무직원이 이런 정치 판단을 내리다니, 월권행위도 분수가 있지, 이봐요!"

"이 자식, 왜 소란을 피우고 그래?! 대사관 안에서 소란을 피우는 건 중죄인 거 몰라?!"

당연한 일이지만, 입구에서 경비를 보던 경비원이 다자이를 향해 달려왔다.

내 차례다.

"기다리게. 나는 그쪽에서 소란을 피우는 남자의 일행인데, 자네들은 이 남자를 체포할 권한이 있는 건가?"

달려온 경비원 앞을 내가 막아섰다.

"영사 관계에 관한 빈 조약, 제31조 제2항! '접수국 당국은 영사기관의 장 또는 그가 지명한 자 또는 파견국의 외교사절단의 장의 동의가 있을 경우를 제외하고, 영사기관의 공관에서 오로지 영사기관의 활동을 위해 사용되는 부분에 들어가서는 안 된다'! 이 남자가 영사기관의 장에게 방해꾼이라고 인정될 때까지는 대사관의 손님이오. 이 남자의 불평을 허가 없이 말리면 국제 문제가 될 거요!"

그렇게 소리치자 당혹스러워하는 경비인.

당연히 그들도 빈 조약 정도는 잘 알고 있겠지만, 갑자기 '국제 문제다'라고 으름장을 놓으면 뒤로 물러서는 게 사람의 본성이다.

"망명~! 윗~사~람~불~러~오~라~니~까!"

경비원이 말리지 않아 마침 잘됐다는 듯이 접수처 앞의 바닥에 누워서 팔다리를 버둥거리는 다자이. 모두 작전대로의 행동이지만 절로 살인 욕구가 솟아나는 동작이다.

자, 왜 우리 무장 탐장사가 격조 높은 재외공관에서도 외교의 요충지인 대사관에서 다섯 살 어린이가 장난감을 사 달라고 조르는 듯한 행동을 감행했는가 하면.

"폭탄을 설치한 범인이 외국 사람이라고?"

나는 물었다. 조금 전과 마찬가지로 도롯가에 있는 커피 찻집이다.

"그래, 게다가 프로지." 다자이가 커피를 마시면서 대답했다.

다자이가 그렇게 지적한 것은 사사키 여사가 대학의 동료에게 연락을 받은 직후였다.

"저는 대학에서 범죄심리학을 전공했어요. 뭔가 도움이 될 만한 정보가 있을지도 몰라요."라고 여사가 말했다.

듣자하니 사사키 여사는 세상에 조금은 이름이 알려진 범죄학 연구자로, 유명한 학회에서 몇 번이나 표창을 받은 유능하고 젊은 부교수라고 한다. 때문에 동업자의 자료를 통해 과거에 있었던 비슷한 범죄에 관해 독자적인 조사를 하고 있었던 듯하다.

"동료 범죄학자가 과거에 있었던 사례를 조사해 보니, 이 협박문에 나온 사망자가 백 명이 넘는 폭탄 사건은 일본 내에서 일어난 게 아니라고 하더라고요. ……물론 지난 세계대전 때의 전사자를 제외한 것이지만요."

"그럼 해외의 사건입니까?"

"네. ……해외에서는 정치 투쟁, 사상에 의한 테러 등, 과거에 수십 건에 달하는 폭탄 사건이 일어났어요. 하지만 그에 관한 상세한 내용, 폭탄의 종류나 제조자까지는 자료가 남아 있지 않은 경우가 거의 대부분이라…… 죄송합니다."

"아니요, 좋은 정보입니다. 즉, 폭탄을 만든 '창색 사도'는 그 폭파 사건의 폭탄 구조나 재료의 성분에 대해 알고 있다는 말이군요. 범인의 정체에 한 발짝 다가간 게 아닐까요?"

"하지만 말이다. 우리는 그 범인이 폭탄을 어디에 설치했는가까지 알아내야 한다. 이런 식으로 시간에 맞출 수 있을까?"

하다못해 범인의 얼굴과 이름까지는 알 필요가 있다. 그렇지 않고서야 조사를 할 수가 없다.

다자이는 엄지를 입에 대고 무언가 골똘히 생각을 했다.

"이 범인은 모습을 감추어…… 결코 찾을 수 없어." 갑자기 다자이가 그렇게 중얼거렸다. "내가…… 할 수밖에 없나?"

"뭘 말이지?"

"저기, 구니키다. 협박문에는 분명히 폭탄을 '제조' 했다고 적혀 있었지? 그런데 백 명 이상을 죽일 수 있는 폭탄을 그렇게 쉽게 만들 수 있을까?"

"일반인은 어렵겠지만, 전문 지식이 있으면 간단하겠지."

나는 이과 계열의 학문을 익혔고, 동시에 이 탐정사라는 험한 업무에 계속 종사하고 있기 때문에 어느 정도 위험 화학 물질에 대한 지식이 있다.

폭탄이 되는 약품을 제조할 때는 아주 신중을 기한다고 하더라도 온도나 충격 등의 조건을 관리하기가 매우 어렵다. 조금만 순서가 틀려도 생성 도중에 폭발한다. 하지만 재료 자체는 단순해서, 초등학교 과학실에서도 쉽게 손에 넣을 수 있는 물질이 많다. 염산, 질산, 질소 비료, 알루미늄. 합법적으로 싼 값에 손에 넣을 수 있는 것들뿐이다. 폭탄을 제조할 때 문제가 되는 것은 배합 비율과 생성 순서, 그리고 운반과 기폭 기술이다.

"일설에는 폭탄을 제조하는 프로마다 독자적인 배합 비율이 있고, 그게 폭탄을 매매할 때의 신뢰도로 이어진다고 하는데——."

"그거야. 그러니까 '과거의 사건 때도 사용된 같은 구조의 폭탄'은 그렇게 쉽게 만들 수 없을 게 틀림없어."

"그렇다면…… 과거에 백여 명을 죽인 폭탄 사건과 이번 사건에 사용된 폭탄은 같은 사람이 만들었다…… 그렇게 말하고 싶은 건가?"

"그뿐만이 아니야. 협박문에 있었던 폭탄에 대한 묘사 말인데, 은근히 시각적이고 현실감이 있었다고 생각하지 않아?"

나는 글을 다시 읽어 보았다. '태양이 떨어진 듯한 흰 빛과 사라지지 않는 불꽃. 늘어선 건물은 송두리째 무너졌고 사람들은 불에 불타면서 이리저리 헤맸으며, 도로는 용해됐고, 날아온 자동차가 건물에 박혀 불탔습니다──.'

"내가 생각하기엔, 이 문장을 쓴 사람은 실제로 이 광경을 본 것 같아."

"뭐?"

"사사키 씨. 예전에 몇 건인가 있었던 해외의 폭탄 사건 중에서 폭발 모습까지 기록된 보도 영상은 있나요?"

"아니요…… 아무래도 없는 듯해요. 이렇게 대규모 폭발이니, 말려든 사람은 촬영을 할 여유가 없었을 테니까요."

"보통은 그렇죠. 하지만 구니키다, 이 협박문의 표현을 보면 확실히 폭발 후의 시내 상황을 묘사하고 있어. 그것도 폭발이 일어난 지 몇 분 후의 모습 같아. 이 사람, 폭탄을 설치하고 도망친 뒤, 현장에 돌아온 게 아닐까. 그래서 이 경치를 본 거고."

"즉…… 그 과거의 폭탄 테러의 범인도 이 '창색 사도'라는 건가?"

그렇다면 범인의 정체를 어느 정도 좁힐 수 있다. 폭탄 전문가로, 과거에 폭탄 사건 때 해외에 있었으며, 지금 일본에 입국한 인물. 하지만──.

"안 되겠어. 그것만으로는 알 수가 없다."

"왜?"

"너는 땡땡이를 치고 있어서 모르겠지만, 이미 공안이나 군경의 협력 기관에 요청해 국내의 폭탄 제조 전문가의 리스트를 받아 놓았단 말이다. 하지만 용의자는 없었다. 수백 명을 살상할 수 있는 고순도의 폭약 제조 기술을 가졌으며, 동시에 행동을 감시받지 않고 있는 제조 기술자는 국내의 후보 리스트에는 없다고 한다. 그렇다고 지금부터 국내의 외국인을 하나부터 열까지 찾아다닐 수도 없는 노릇이야."

"우후우훙." 다자이가 간들거리며 웃었다.

"왜 그렇게 기분 나쁘게 웃는 거지?"

"때로는 군경조차도 도움을 요청할 만큼 유명한 탐정사도 볼 수 없는 리스트가 있지. 해외 첩보 기관의 정보야. 그들이라면 분명히 옛 폭탄 사건의 용의자를 파악하고 있겠지."

"해외 첩보 기관이라고?"

해외 첩보 기관이라고 하면 미국의 중앙정보국(CIA)나 미국국가안보국(NSA), 영국의 비밀정보부(MI6) 등이 유명하다. 그 기관들은 자국의 안전과 번영을 위해 각국에서 신분을 숨기고 비밀 활동을 한다. 하지만——.

"해외 첩보 기관이 일본의 민간 기업을 위해 자신들의 비밀 정보를 '보시죠' 하고 넘겨줄 리가 없다. 애당초, 너는 첩보 기관에 아는 사람이라도 있는 건가?"

"없어."

"그것 봐라."

"하지만 어디에 가면 만날 수 있는지는 알아."

──불길한 예감이 들었다.

이렇게 해서 우리는 대사관에 비밀 잠입하는 작전을 감행한 것이다.

다자이가 세운 계획은 단순하다.

대사관에서 소동을 피운다.

잘만 되면 사태를 수습하기 위해 더 윗선의 사람과 접견할 수 있을 것이라는 심산이다. 대사관이라면 반드시 첩보원과 관계를 맺고 있을 게 틀림없다.

분명히 무모하고 막무가내다.

하지만 다자이가 세운 계획으로 사방이 막혀 있던 조사에 한 줄기 희망이 생긴 것도 사실이다.

다자이와 일을 하면서 느낀 것인데, 다자이가 때때로 보여주는 빠르고 깊은 사고에 깜짝 놀랄 때가 있다. 다자이는 속을 알 수 없다. 저 기행 속에 감추어진 으스스한 무언가──악마 같은 지성이 느껴진다.

아무런 경력도 없는 뜨내기라고는 도저히 생각할 수 없다. 물어봐야 항상 말머리를 돌리니 굳이 추궁하지는 않았지만, 다자이는 무언가 뒤가 켕기는 경력이 있는 게 아닐까. 그야말로 비합법적인──.

"이봐~, 망명시켜 줘~, 직원 아가씨~!! 잠깐 이쪽 보고 진지하게 좀 들어~! 시선 피하지 말고 날 보라니까! 그래, 그 눈! 더 봐 줘, 이봐!"

——아니겠지. 그냥 바보다.

"저어, 그럼 순서를 기다리는 사이에 서류에 기입을…….." 접수처의 여성 직원이 머뭇거리며 종이를 꺼냈다.

"그건 아까도 적었어!" 다자이가 큰 소리로 외쳤다. 물론 거짓말이다. "내가 애용하는 이 만년필로 작은 항목까지 가득 적었는데, 그래도 아무런 진전이 없으니까 직접 담판을 지으러 온 거잖아!"

다자이는 가슴 주머니에서 두껍고 검은 만년필을 꺼내 보여 주었다.

"내가 애용하는 이 만년필은 말이야, 어떤 중동의 독재자가 사용했던 거랑 똑같은 타입이거든. 굉장하지? 보고 싶으면 봐도 돼. 봐, 비싸고, 무겁고, 엄청나게 쓰기 불편해. 이걸로 그 복잡한 서류에 몇 번씩이나 글을 썼으니, 당연히 화나 나지 않겠어? 안 그래?"

그런 만년필을 사용한 네가 잘못한 거다. 그런 생각이 들었지만 아무 말도 하지 않았다.

"아가씨, 난 소설가인데, 읽어 본 적 있어? 다음 작품은 아가씨를 주인공으로 써 볼까~? 윗사람한테 얘기 좀 해 줘 봐. 나랑 아가씨가 동반 자살을 하는 이야기. 망명하면 꼭 써 볼게. 이 만년필로."

엉터리 작가 연기가 묘하게 능숙한 다자이. 저 녀석 평소에도 저런 식으로 술집에 가서 여자를 꼬시고 있겠지. 그런 예감이 들었다.

"이봐, 정말 어떻게든 해 줘 봐. 이대로는 안 돼. 난 공안의 무서운 아저씨들한테 살해당할 거야. 내 멋대로 소설을 써서 말이야. 대체 뭐야. 외무성의 높으신 분이 가발을 쓰고 있다는 말을 소설에 썼을 뿐인데 정부가 날 노리고 있어. 언론의 자유 침해야. 정부의 폭거를 용서해선 안 돼! 두발 위장도 용서해선 안 되고!"

"이봐, 형씨. 시끄러워! 야구 중계 해설이 안 들리지 않나! 그리고 가발이 뭐가 나쁘단 거지?!"

대합실 의자에 앉아 아구 중계를 보던 검은 모자의 백인이 탁한 목소리로 외쳤다. 하지만 그 정도의 야유로는 다자이를 막을 수 없었다.

"뭐야?! 가발이란 말을 듣고 화내는 사람이 나쁜 거잖아?! 그렇게 화를 낼 거면 처음부터 그 빛나는 대머리를 하늘에 드러내고 다니면 되는 거야!"

"저어, 일행분을 어떻게 좀." 혼란스러워하던 사무직원이 나에게 도와달라는 듯이 바라보았다. 미안하지만 이것도 다 사람의 생명을 위한 거라 어쩔 수가 없다.

"나는 이 남자의 담당 편집자다. 사무직원인 당신의 고생은 충분히 이해하지만, 보는 대로 이 남자는 전혀 사람의 말을 듣지 않아. 권한이 있는 문관이 직접 판단을 내려 주면 포기할 테니, 미안하지만 윗선에 전달해 줬으면 한다."

"네에."

완전히 기가 질려 반쯤 혼이 빠진 상태인 사무직원은 고개를 한 번 끄덕이더니 비틀거리며 자리에서 일어섰다.

"잠…… 잠시만 기다려 주십시오."

더 이상 스스로 다자이를 상대하고 싶지 않았겠지. 그 기분은 충분히 이해하고도 남는다. 그리고 진심으로 동정했다.

잠시 기다리자, 사무직원 여성이 되돌아와 나와 다자이를 별실로 안내했다.

"이쪽으로 오시죠."

"이런 행동을 하시면 곤란합니다."

외교용 응접실 안에는 대머리 백인 외교관이 기다리고 있었다. 명함을 받아 보니 지위는 3등 이사관. 나쁘지 않은 성과다.

하지만 아직도 부족하다. 이 남자는 첩보상의 기밀을 알 정도의 권한을 지니고 있지 않다. 그렇다면 여기서부터가 진짜다.

"입장은 충분히 이해합니다."

나는 고개를 숙였다. 머리를 숙이는 문화가 없는 외국인이 보기엔 난처하기만 할 뿐 안심할 수 있는 행동은 못되겠지.

"이 평화로운 나라에서 정치 망명이라니 전대미문의 일입니다. 본국의 외무성에 문의해도 분명히 거부하는 취지의 대답이 돌아오겠지요. 그러니까――."

"아, 그 이야기는 됐어요. 이야~, 미안해요, 아저씨. 이렇게 별실까지 마련해 줬지만, 실은 나, 소설가가 아니거든요."

나는 품에서 수첩을 꺼냈다. 검은 바탕에 금색 글자가 적힌 수첩.

"우리들은 경찰청의 공안 경찰입니다."

"고…… 공안?"

이사관이 어안이 벙벙하다는 듯한 소리를 냈다. 당연하다. 상대가 접수국의 공안 경찰이라면 사태의 심각성이 전혀 달라지니까.

"이유가 있어서 정식 절차를 밟고 접촉할 수 없었습니다. 하지만 저희들이 진짜라는 것은 수첩을 조회해 보시면 금방 알 수 있는 일입니다."

나는 경찰수첩을 들어 올렸다. 그곳에는 검은 바탕에 금색으로 공안부라고 적혀 있었고, 사진과 소속이 명기되어 있었다.

이사관은 수첩을 들고 나와 사진을 비교해 보았다.

물론 이건 가짜 수첩이다. 내 이능력 '돗포 시인'으로 진짜와 똑같은 가짜 공안 경찰수첩을 만들어 낸 것이다. 때문에 이 수첩으로는 우리의 거짓말을 꿰뚫어 볼 수 없다.

──하지만 이다음부터는 들킬 염려가 있다.

"우리는 이유가 있어 비밀리에 귀국의 보안 정보를 열람하고자 합니다. 귀국 첩보 기관이 파악하고 있는 우리나라 내의 폭탄 제조 기술자의 정보를 제공해 주십시오. 이건 국가 안보상의 중대한 문제이니, 신속하게 처리해 주시기를 부탁드립니다."

미리 외워 두었던 대사를 숨도 쉬지 않고 말했다.

"그…… 그렇게 무리한 말씀을 하시다니."

"무리한 부탁이라는 건 잘 알고 있습니다." 나는 계속 상대에게 여유를 주지 않고 말했다. "귀관이 알지 못한다면, 권한을 소유하고 있는 분과 만나게 해 주시겠습니까?"

"분명히 대사관을 드나드는 첩보 기관은 있습니다…… 하지만 그렇게 간단하게는……."

"한 시가 급한 사태입니다. 수백 명이 목숨을 잃을 수도 있는 위기입니다."

수백 명의 목숨. 그 말을 들은 이사관의 안색이 새파랗게 질렸다. 확실히 선한 사람인 듯하다.

"자, 잠시 기다려 주십시오."

이사관은 쩔쩔 매며 이마의 땀을 닦더니, 고정 전화로 어딘가에 전화를 했다. 작은 목소리로 전화 상대와 잠시 언쟁을 벌이듯 대화를 한 뒤, 전화를 끊고 다시 우리를 바라보았다.

"정말 다행입니다. 원래 이러한 의뢰는 받아들이지 않는 것이 원칙입니다만……."

미소를 지으며 이사관이 말했다. 일이 잘 진행되어 가는 듯한 낌새에 내심 안도의 한숨을 내쉬었다.

"감사합니다."

"전화로 비서관과 이야기를 해 보았는데, 마침 이 근처에 제 상관과 여러분들의 장관인 경찰청 공안부장이 회식을 하고 있는 중이라고 합니다. 공안부장의 의뢰를 받으면 본국도 교섭에 응하겠지요. 정말, 정말 다행입니다."

"……네?"

"여러분들의 부장은 10분 남짓이면 이쪽에 도착하신다고 합니다. 그때까지 편히 기다려 주십시오." 땀을 닦으면서 안도의 미소를 짓는 이사관.

……큰일이다.

진짜 심각하다.

경시청 공안부장이라고 하면 경시총감급의 권한을 지닌 공안의 최정상이다. 확실히 권한이 있기는 하지만 폭탄 협박 소동에 관한 일은 하나도 모른다. 설사 알고 있다고 해도 실제로 존재하는지 안 하는지도 모르는 폭탄을 위해서 해외 첩보 기관의 기밀 정보를 빼앗는 듯한 작전에 동의해 줄 리가 없다.

하물며 우리는 공안의 이름을 사칭한 민간 기업의 직원이다.

"앗, 저어, 이사관님. 미안하지만, 그건…… 그러니까 좀 곤란합니다만."

"네? 아닙니다. 걱정 마십시오. 아무리 첩보 기관에 속한 자들이라도 경시총감급의 의뢰라면 무시할 수 없을 겁니다. 그러니, 안심하십시오."

어쩌지? 지금 공안부장이 오면 모든 게 물거품이 되어 버린다.

"정말 곤란합니다. 왜냐하면…… 그러니까, 으으음."

어리둥절한 표정을 짓는 이사관.

"공안부장님은 올 수 없기 때문입니다. 어떤 이유 때문에."

"그렇습니까? 어떤 이유라니요?"

크윽. 나는 이런 애드립에 굉장히 약하다.

"공안부장님은…… 매우 바쁘십니다. 할 일이 굉장히 많아서 말이지요."

"네에. 그야 아주 바쁘시겠지요. 하지만 조금 전 통화를 했을 때는 문제없이 오실 수 있다고 하셨습니다."

"네, 그렇습니다만, 그런 의미가 아닙니다. 말씀은 그렇게 하셔도 실제로는 이런저런 일들이 많아서 말입니다."

"……?"

"이것저것. 그러니까…… 지인과 만나 이야기를 시작하면 그만 대화가 길어지거나, 키우는 개의 먹이가 떨어져 사러 간다거나, 관공서에 서류를 제출하거나 해서……."

"주부?"

어리둥절한 표정을 짓는 이사관. 아아아, 자신도 무슨 말을 하는지 모르겠다.

"아, 아무튼, 이 사건이 공안부장님의 귀에 들어가서는 안 됩니다."

"들어간다라니…… 여러분들은 상관에게 보고도 하지 않고 이곳에 오셨단 말입니까?"

"그런 것은 아닙니다만…… 아니, 네, 비밀 활동입니다."

"그래서는 안 되지요. 왜 비밀로 하고 활동하시는 겁니까?"

"깜빡했습니다."

"깜빡?!" 깜짝 놀라는 이사관.

"네, 깜빡했습니다. 음~, 그러니까, 워낙에 비상사태다 보니 깜빡하고 연락을 못 했습니다. 그러니, 그러니까 뭐냐하면, 워낙에 비상사태라…… 깜빡하고 연락을 못 했습니다."

"왜 두 번 말씀하시는 겁니까?"

"더, 더 이상은 기밀이라 말씀드릴 수 없습니다. 아무튼 알고 계시는 첩보요원을 불러 주십시오!"

더 이상 말을 계속했다간 큰일이 날 것 같다!

"말도 안 되는 소리십니다. 저희도 첩보요원의 소재는 기밀사항입니다. 그런 설명을 듣고서는……."

"이거야 원…… 어쩔 수 없군요."

다자이가 한숨을 내쉬며 끼어들었다.

"이사관님. 이 말도 제대로 못해 쩔쩔 매는 멍청한 부하를 대신해 설명드리죠. 공안부장님께도 말씀드리지 않고 이곳을 방문한 이유는 어쩔 수 없는 사정이 있기 때문입니다. 공안 내부, 특히 공안부장님 측근 중에 폭탄마와 내통을 하는 게 아닐까 의심을 받고 있는 사람이 있습니다."

"뭐라고요?"

"그래서 저희들은 내부 감찰관과 협력해 범인을 밝히고, 공안 내의 내통자를 밝히기 위해 이렇게 내밀하게 방문을 드리고 협력을 부탁드리는 것입니다. 공안부장님이 이곳에 오시면 이러한 사정을 눈치챈 내통자가 폭탄을 터뜨릴 위험이 있습니다. 그 전에 폭탄의 설치 장소를 찾아내지 않으면 안 됩니다."

이야기를 들은 이사관의 안색이 바뀌었다.

"그…… 그건 정말 중대한 문제이군요. 하지만 그렇다면 그렇다고 빨리 말씀을 해 주시지."

그렇게 말하면서 나를 힐끔 바라보는 이사관.

"부하가 말을 하지 못했던 것도 다 정보가 누출될 것을 염려했기 때문입니다. 거짓말을 잘 못하는 남자이지만, 그것도 다 기밀을 유지하기 위한 것이었습니다. 이사관님도 같은 입장이었다면 자신의 상관이 내통자일지도 모른다는 사실을 일본 경찰에게 쉽게 밝힐 수 있겠습니까?"

"그렇군요……." 고개를 끄덕이는 이사관.

"다행이 폭탄을 제조한 주범이 누구인지 어느 정도 범위를 좁혀 놓았습니다. 과거에 해외에서 대규모 폭탄 테러를 일으킨 인물입니다. 이건 세계의 테러리스트의 적이라 할 수 있는 귀국에 있어서도 국가 안보상 중요한 수사입니다. 체제 내부에 둥지를 튼 반정부 요인들을 귀국의 첩보 기관과 협력하여 일소하고자 합니다. 부디 협력해 주시길 부탁드립니다."

"알겠습니다. 협력하지요."

다자이………… 넌, 정말 대단해…….

"안내하겠습니다. 이쪽으로 오시지요."

이사관은 서둘러 일어서더니 우리를 한 장소로 안내했다.

이사관을 따라 도착한 곳은 대사관 지하에 있는 공간으로 개인용 사무실이었다.

이사관은 긴장한 표정으로 "잠시 기다려 주십시오." 하고 말을 한 뒤 밖으로 나가 사무실에는 우리만 남게 되었다.

"우리 이사관님을 괴롭히지 말아 줬으면 하는데. 저 사람은 아주 착하거든. 덧붙이자면, 그냥 좋은 사람일 뿐이다."

잠시 뒤 사무실을 찾은 장년의 남자는 우리가 본 적이 있는 사람이었다.

"당신은…… 대합실에서 야구를 보고 있던……. 당신이 미국의 첩보원인가?"

그 남자는 검은 야구 모자를 쓴 백인. 아주 따분하다는 듯이 대합실에서 야구를 관전하던 장년의 남자였다.

"소속 ID는 사무실의 청소원이지만 말이지." 첩보원은 가슴의 명찰을 집으며 보여 주었다. "그래서? 폭탄을 찾는 데 바쁜 두 사람이 이런 곳에 무슨 일이지? 무장 탐정사?"

나와 다자이는 서로 얼굴을 마주 보았다.

"알고 있었던 건가?"

"이 나라에서 일어나는 문제를 수집하는 게 내 일이니까. 게다가 이능력 조직이 아침부터 소동을 일으키고 있으니, 지구 반대편이라도 정보는 도착하기 마련이지. 당신들이 대사관에 왔을 때부터 감시하고 있었어."

첩보 조직이 정보에 굶주려 있는 건, 영화나 소설 속의 이야기만은 아니라는 건가?

"우리들은 시내에 폭탄을 설치한 녀석을 찾고 있다. 과거에 비슷한 폭파 사건을 해외에서 일으킨 적이 있는 녀석이지. 그쪽 서류에는 없나? 본인이 말하길 '태양이 떨어진 듯한 흰 빛과 사라지지 않는 불꽃'으로 백여 명을 죽였다고 하는데——."

"아…… 역시 녀석인가." 고개를 젓는 첩보원.

"짚이는 데가 있는 건가?"

"사라지지 않는 불꽃. 그리고 흰 빛이라면, 알루미늄 가루 배합 폭약을 제조한 아라무타겠지. 녀석에 관한 파일이다."

첩보원이 캐비닛에서 서류 한 뭉치를 꺼냈다.

"자키엘 아라무타. 일본계로 중동 테러 조직에 제품을 납품하는 폭탄 제조업자다. 1년 전부터 일본에 들어와 있어서 우리도 녀석을 감시하고 있었지."

"일본의 공안에는 알리지도 않고 말인가?" 서류를 바라보면서 나는 그렇게 쏘아붙였다.

"사정이 있어서 말이야. 우리 손으로 잡고 싶었다. 녀석은 폭탄마이자, 동시에 동업 테러리스트에게 폭탄을 파는 상인이야. 녀석의 고객 명부가 있으면 반미주의자를 일망타진할 수 있지."

자료를 넘겨보았다. 아라무타의 얼굴 사진과 과거의 폭파 수법.

"최악의 폭탄 성분이다." 나는 어금니를 꽉 물었다. "이런 게 요코하마 시내에서 폭발하면 피해자는 백 명 정도로 그치지 않을 거다."

아라무타가 전문적으로 사용하는 것은 슬러리(slurry) 폭탄에 알루미늄 분말을 조합한 차량 폭탄이다. 승용차에 수백 킬로그램이나 되는 폭약을 넣고, 휴대전화 등의 신호를 이용해 기폭 장치를 원격 조작해 폭파한다. 질산 암모니아를 주 원료로, AP폭약을 보조제로 사용한다. 모두 값싸게 대량으로 정제가 가능하다.

자료의 성분을 통해 추정해 보면, 폭심지에서 반경 200미터 내에 속한 사람들은 폭발로 인한 폭풍으로 즉사. 그곳에서 더 먼 곳에 있다 하더라도 폭발로 인한 폭풍의 고열과 용해된 알루미늄 비로 인해 피해를 입는다.

아라무타가 알루미늄 가루를 폭탄에 사용하는 이유는 완전하게 사람을 죽이기 위해서이다. 알루미늄은 연소 촉진제이자, 강한 흰 빛을 띠고 타오르면서 폭염의 위력을 증가시킨다. 그와 동시에 폭발할 때의 바람을 타고 섭씨 600도의 고열이 물보라처럼 퍼져나가 피해자의 육체를 관통하면서 불태운다. 게다가 금속 알루미늄은 물과 반응해 가연성 수소가스를 발생시킨다. 즉, '물을 끼얹으면 불타는' 것이다. 그 때문에 불을 끄기 위해 물을 부으면 더욱 폭발이 연쇄적으로 일어나 구조조차도 하기 힘들게 된다.

'태양이 떨어진 듯한 흰 빛과 사라지지 않는 불꽃'. 말 그대로다. 그야말로 악마의 폭탄이다.

시내의 인구 밀집 지역에서 폭발하면 그 뒤에 일어나는 정전이나 사고 등, 2차 피해를 포함해 사망자는 아마 1000명을 넘겠지. 그것도 차량에 실어 옮기는 자동차 폭탄은 경찰의 감시를 쉽게 뚫고 시내로 진입할 수 있다.

그런 물건이 요코하마에서 폭발하도록 절대 가만히 놔둘 수 없다.

"아라무타는 지금 어디에 있지?"

"이틀 전부터 동료의 감시를 따돌리고 사라져 행방을 알 수 없다. 무슨 일을 벌이려는가 보다 생각하던 참이었다."

젠장. 폭탄을 발견하기 위해서는 일단 아라무타의 행방부터 찾아야 하는 건가.

하지만 적의 이름과 정체를 알게 된 것만 해도 큰 전진이다. 이 아라무타라는 남자가 '창색 사도'일 가능성도 매우 높다.

아라무타가 왜 탐정사를 협박하는지 현재로선 알 수 없다. 탐정사에 원한이 있다면 탐정사가 해결한 과거의 사건을 확인하여 단서를 찾을 수 있을지도 모른다.

"그래서? 이 정보의 대가는 뭐지, 첩보원 아저씨?" 다자이가 의미심장하게 웃으며 물었다.

"없어. 타국의 국민이라고는 하지만 몇백 명이나 되는 사망자가 발생하는 걸 그냥 두고 볼 수만은 없지. 정의를 위해 기쁜 마음으로 정보를 제공해 주겠다."

"못 믿겠는데? 옆에 있는 구니키다야 어쨌든 간에 나는 좀 뒤틀어진 성격이라서."

다자이가 웃으며 대답했다. 그렇다. 미국 첩보부의 임무는 자국민의 안전과 번영, 그뿐이다.

첩보원은 잠시 가만히 생각을 한 뒤에 말했다.

"——만약 아라무타를 잡으면 공안에 신병을 넘기지 말고 우리에게 넘겨라. 고객들이 누구인지 녀석이 모두 자백하게 만들 테니."

"공안에는 넘기지 말라고?" 나는 눈썹을 모았다. "녀석이 이번 사건을 꾸민 범인이라면 일본의 경찰 조직과 공동으로 심문하는 게 도리 아닌가?"

"구니키다, 그건 말이야, 이 사람들은 정보를 얻기 위해 폭탄 사건의 범인을 고문할 심산이라서 그래. 그야말로 국제법으로 금지된 끔찍한 걸로 말이지. 다른 나라의 경찰 기관과 공동으로 조사를 하면 그렇게 잔혹한 짓은 못 하잖아. 그러니까 비밀리에 범인의 신병을 손에 넣으려 하는 거야."

"……."

나는 눈앞의 첩보원을 바라보았다. 첩보원은 무표정한 얼굴로 아무런 말도 하지 않았다. 부정할 생각은 없다는 건가.

법을 어기고 비윤리적인 행동을 하는 사람은 범죄자뿐만이 아니다. 하지만 나 같은 일반 시민이 해외 첩보 기관의 조직 운영에 대해 설교를 해 봤자 아무런 변화도 이끌어 낼 수 없다.

"이 면회는 비공식적인 것이다. 당신은 정보를 다른 사람에게 누설하지 않았다. 따라서 우리가 대가를 지불할 필요도 없다. 가자, 다자이."

나는 다자이를 재촉하여 출구를 향해 걸었다.

"다음부터는 접수처에 '페니모어 운수'라고 말해라. 나한테 바로 연락이 온다. 얼마 되지 않는 단서로 여기까지 알아

낸 수완, 정말 훌륭했다. 만약 탐정사에서 해고되면 나한테 연락해. 첩보원 후보로 스카우트할 테니."

"그렇다네? 구니키다, 어떡할 생각이야?"

"일본에 폭탄이 설치되었다는 이야기를 듣고도 눈썹 하나 까딱하지 않는 녀석이 일하는 곳에 취직할 생각은 없다. 그럼 이만."

대답을 기다리지 않고 사무실을 빠져나왔다. 첩보원은 아무 말도 하지 않았다.

나와 다자이는 자료의 정보를 정리하기 위해 일단 탐정사로 돌아갔다.

제한시간인 일몰까지 약 두 시간.

그 사이에 폭탄마인 아라무타를 잡아 폭탄이 설치된 장소를 자백받아야 한다. 겨우 두 시간 만에.

하지만 희소식이 있었다. 탐정사에 연락을 했더니, 조력자가 도착했다고 한다.

그 소식을 들은 순간 나는 확신했다. 폭탄 제거에 성공할 것이라고.

"아~하하하. 다들 큰일이네! 내가 없으면 제대로 조사 하나 못하니까 말이야!"

탐정사의 사무실에 돌아가 보니 항상 듣던 큰 웃음소리가 들려왔다.

"란포 씨! 규슈의 사건은 어떻게 하신 겁니까?"

"그거? 시신을 한 번 보고 바로 범인의 수법을 알아냈거든. 그래서 얼른 해결하고 돌아왔어."

경박하게 음료수를 마시며 그렇게 대답한 사람은 선배 탐정 에도가와 란포.

"들었어, 구니키다. 겨우 폭탄 하나에 쩔쩔 맸다며? 한심한 후배를 두면 이렇게 고생스럽다니까, 정말. 덕분에 이쪽은 규슈 관광도 못하고 바로 되돌아왔잖아. 온천 달걀을 먹고 싶었는데."

"죄송합니다. 하지만 란포 씨의 힘이 필요합니다."

"내 힘이?"

"네…… 원래는 저희들끼리 해결해야 할 사건이지만…… 힘이 미치지 못해 란포 씨에게 도움을 청하게 되어 면목이 없습니다."

란포 씨는 나를 바라보더니 깊게 숨을 들이쉬고 말했다.

"어―――――쩔 수 없네 정말! 아니, 너무 그렇게 미안해할 건 없어, 구니키다. 내가 너무 유능한 게 잘못이니까! 내 '초추리'는 세계 최고의 이능력이니까 말이야. 의지하는 것도 어쩔 수 없지!"

크게 웃으면서 내 어깨를 탁탁 두드렸다.

"정말 그 말씀대로입니다." 나는 깊이 고개를 끄덕였다.

"구…… 구니키다, 괜찮아? 참는 거 아니야?"

옆에서 다자이가 조심스럽게 말을 걸었다.

참아? 다자이는 대체 무슨 소릴 하는 거지? 모두 란포 씨의 말씀대로가 아닌가.

"다자이, 란포 씨에게 자료를 드려라."

"앗, 안녕하세요. 신입인 다자이입니다. 잘 부탁드립니다."

"아, 들었어. 열심히 사건을 찾아 봐. 해결은 내가 할 테니까."

자료를 받으면서 란포 씨가 문득 다자이를 가만히 바라보았다.

"신입. 어~ 다자이였나? ……자네는 이전에 직업이 뭐였어?"

"네?"

란포 씨의 얼굴에서 표정이 사라졌다. 다자이를 가만히 바라보고 있다. 무언가를 탐색하듯이.

"학교를 졸업한 뒤에는 딱히 아무것도 하지 않고 빈둥거렸습니다만."

다자이의 대답에도 란포 씨는 대답하지 않고 가만히 다자이를 바라보기만 했다. 이윽고 몇 초 후.

"그렇군, 그럼 됐고. 그럼 열심히 해." 그 말을 한 뒤 아무일도 없었던 것처럼 폭탄마의 자료를 책상에 늘어놓기 시작했다.

대체 뭐지?

"이봐, 다자이. 지금 건 뭐지?"

"나한테 물어봐야 알 턱이 있나. ──그런데 란포 씨는 어떤 능력자지?"

그러고 보니 다자이에게는 아직 설명을 하지 않았었군.

"란포 씨는 '초추리'라고 하는 이능력을 지니고 있다. '보기만 해도 사건의 진상이 떠오른다'라고 하는 엄청난 능력이지."

"그런 능력이 있어?!"

이렇게나 별난 다자이조차도 놀란 듯하다.

"있다. 시 경찰이나 관리의 윗선에서도 신봉자가 많아 난해한 사건이 있으면 란포 씨에게 의뢰가 오지. 탐정사를 지탱해 주는 이능력자다."

"그런 이능력이 있다니 바로 믿기는 좀 어려운데?" 반신반의한 다자이.

"보면 안다."

"구니키다! 내 '초추리'로 간파해야 할 내용은 그 폭탄이어디 있는가면 되겠어?"

"네. 시간이 없습니다. 폭탄의 소재를 찾는 게 급선무입니다. 위치만 확인하면 폭탄은 저희들이 제거하겠습니다."

"이 아라무타가 어디에 있는지는 조사하지 않아도 되는거지?"

"무엇보다도 폭탄이 설치된 위치가 중요합니다."

"좋아! 아하하, 미안하네. 내가 등장했으니 이제 자네들이활약할 장면은 없을 테니까. 다자이, 거기에 있는 안경 좀 주겠어?"

다자이가 안경을 건네주자 란포 씨는 검은 테 안경을 썼다.

그 안경을 쓰는 것이 란포 씨가 이능력을 발동하는 신호라고 한다.

란포 씨가 눈을 가늘게 떴다.

시선이 모든 것을 꿰뚫는 빛이 되면 신에게서 받은 신탁이 머릿속에 떠오른다.

── '초추리'.

"……………………………………………………………떠올랐다."

란포 씨가 안경을 벗으며 중얼거렸다.

"어? 정말로요?"

란포 씨 등 뒤에서 마른침을 삼키던 다자이가 흥미롭다는 듯이 물었다.

"지도."

란포 씨가 지시를 내렸다. 나는 책장에서 요코하마 인근을 축소한 대형 지도를 꺼내 책상 위에 펼쳤다.

백여 명을 살상할 수 있는 악마의 병기. 만든 사람은 공황과 절규의 사도인 폭탄의 프로.

대체── 얼마나 위험한 곳에 폭탄을 설치했을까.

역, 큰 병원, 학교. 아니면 고층빌딩, 시청사, 쇼핑몰. 최악의 가능성이 잇달아 뇌리를 스쳤다.

"폭탄이 설치된 장소는──."

란포 씨가 지도의 한 장소를 가리켰다. 나는 마른침을 삼켰다.

"이곳이다. 낚시 도구 가게."

……………… 응?

낚시 도구 가게?

내가 잘못 들은 건가? 아니면 굉장히 중요한 비밀 시설이라든가, 위험 물질을 취급하는 가게일까?

"……그렇구나. 호오."

잠시 뒤 다자이가 가만히 그렇게 중얼거렸다.

"그래, 그랬군요! 란포 씨의 능력은 진짜야! 응, 폭탄을 설치한다면 이 낚시 도구 가게밖에 없지! 자, 구니키다, 서둘러야지!"

"내가 너무 대단해 감동했나, 신입?"

"네! 굉장합니다. 란포 씨는 틀림없이 희대의 명탐정이십니다! 최고입니다. 탐정사에 들어오길 정말 잘했습니다! 구니키다, 뭘 그렇게 멍하니 있어. 얼른 가야지. 지금이라면 일몰 전에 충분히 해결할 수 있어!"

"이봐…… 다자이, 하지만."

"이동하면서 설명해 줄게! 어서!"

"열심히 해~."

다자이가 옷소매를 잡아당겨 나는 마지못해 탐정사 밖으로 나갔다.

우리는 회사 차를 타고 곧장 낚시 도구 가게를 향해 갔다. 다자이가 핸들을 잡으면 자동차가 살인 기계로 변하기 때문에 운전은 내가 했다.

"다자이, 설명해 봐라. 대체 무슨 말이지?" 운전을 하면서 조수석에 있는 다자이에게 물었다.

"물론 설명은 하겠지만, 구니키다도 란포 씨의 추리를 의심하는 건 아니지?"

"그래. 란포 씨의 추리라면 틀릴 리가 없다. 폭탄은 낚시 도구 가게에 있겠지. 하지만 네가 그 말을 믿은 이유는 뭐지?"

란포 씨의 이능력은 '진상을 간파하는 능력'. 그 효과가 실패로 돌아간 적은 한 번도 없다. 하지만 다자이가 너무나 쉽게 납득하는 게 어딘가 마음에 걸린다.

"지도를 보면 명백해."

다자이의 그런 지적에 나는 머릿속의 기억을 끄집어냈다. 낚시 도구 가게 주변은 도로, 기업 시설, 작은 상점 같은 것들밖에 없다. 피해가 적다고는 할 수 없지만 국제 폭탄 범죄자가 표적으로 삼기에는 그다지 악랄하지 못하다.

"나를 시험하지 마라. 안 그래도 생각할 게 많으니까. 결론을 말해!"

"나도 자료를 보고 생각한 건데, 폭탄마인 아라무타는 각국에서 대규모 폭파 사건을 일으켰잖아? 게다가 그 사람은 똑같은 장소에서는 폭탄을 터뜨리지 않아. 관광지에서는 고급 호텔, 군사 기지에서는 통신소, 고층 빌딩에서는 기초가 되는 기둥. 그 땅에서 항상 표적에게 가장 효과적으로 타격을 줄 수 있는 장소를 고르고 있어. 그럼 이번에는 과연 어디를 노릴까?"

"뜸들이지 말고, 빨리 결론을 말해라!"

"아라무타의 표적은—— 석유 보관 시설이야."

망치로 머리를 맞은 듯한 충격을 받았다.

요코하마의—— 석유 콤비나트!

그렇군. 왜 그걸 눈치채지 못했을까.

일본 유수의 항만 도시인 요코하마는 해상 운송을 통한 연료 수송의 중요한 거점이다. 연안에는 석유와 천연가스를 보관하는 광대한 부지가 늘어서 있으며, 그 연료는 간토(関東) 지방 일대의 산업을 떠받치고 있기 때문에 밤낮을 가리지 않고 막대한 양이 운반되며 보관된다.

그에 더해 콤비나트 주변에는 석유 원료를 이용하는 화학, 철강, 석유 정제 공장이 들어서 있는데, 그곳의 생산물은 일본 내의 주요 산업을 떠받치고 있다.

만약 석유 콤비나트 주변에서 폭발이 일어나 저장 탱크에 불이 붙는다면. 그 폭염이 옮겨 붙어 항만 전역에 번질 게 틀림없다. 아마도 며칠 동안 진화하지 못해, 국내 역사상 최악의 공장 화재가 될 것이다. 석유 화학 계열의 화재는 물로는 진압하지 못하기 때문에 피해는 장기에 걸쳐 나타날 게 틀림없다. 인적 피해도 물론 크겠지만, 무엇보다도 국내 경제에 주는 충격이 어느 정도일지 가늠하기조차 어렵다.

"그렇군. 네가 란포 씨를 보고 감탄한 것은 추리가 정확했기 때문인가."

"아니야."

뭐라고?

"내가 감탄한 이유는 석유 보관 시설을 노리는 수법이 참신해서도, 란포 씨의 이능력 때문도 아니야."

"그럼 왜 놀란 거지?"

"우후후. 정말 놀란 이유는 란포 씨의 그건 이능력이 아니기 때문이었어."

——뭐?

"뭐라고? 바보 같은 소릴. 이능력도 없는 데 그런 일이 가능할 것 같나?"

"그러니까 대단한 거 아니겠어? 실은 나, 란포 씨가 추리를 하는 사이에 슬쩍 뒤로 가서 란포 씨의 머리카락을 집고 있었거든."

"뭐?"

그러고 보니 다자이는 계속 란포 씨의 등 뒤에 있었다. 하지만 어느새——.

"알고 있는 대로, 나는 나에게 닿은 상대의 이능력 발동을 방해하는 이능력자거든. 내가 몸의 일부를 만지고 있는 한 어떤 초인적인 이능력을 지니고 있어도 힘을 발휘할 수 없어. 즉——."

란포 씨의 '초추리'는 이능력이 아니라고?

"그렇다면——."

"그건 추리지. 평범한 사람이 관찰과 판단을 기초로 순식간에 논리적인 결론을 이끌어 낸 거야. 요코하마의 지도, 아라무타의 자료, 화재에 관한 지식. 주어진 정보를 융합시켜 순식간에 결론을 내린 거지. 그야말로 추리 소설의 명탐정처럼——아니, 명탐정이 활약하는 장면은 모두 사건이 끝난 뒤인 책의 결말 부분이라는 것을 생각하면, 현장에도 가지 않고, 용의자도 만나지 않은 채 자료만 슬쩍 보고 폭탄이 어디에 있는지 간파한 란포 씨는, 평범한 명탐정은 발끝에도 쫓아가지 못할 엄청난 추리력과 관찰력을 지녔다고 할 수 있어."

추리라고?

이능력이나 초능력이 아니라 단순한 사고의 산물이라고?

"그런 게 가능한가? 대체 어떻게——."

"내가 감탄한 부분이 그거지. 이능력자라면 단순한 능력에 불과해. 감탄은 할지언정 놀라지는 않지. 하지만 란포 씨의 그건 누구나 지니고 있는 사고력을 이용한 결과야. 아라무타가 미국 첩보원의 감시를 피해 모습을 감춘 때가 이틀 전. 그렇다면, 석유 시설 중추에 들어가기 위한 허가증을 얻거나, 내부 업자로서 위장할 수 있을 만한 시간은 없었겠지. 가장 간단한 방법은 현금으로 렌터카를 빌려 차에 폭탄을 실은 뒤 석유 시설 근처 주차장에 세워 놓는 거야. 폭탄의 유효한 살상 범위가 200미터라고 한다면, 그보다 짧은 거리에 석유 보관 탱크가 있는 가게로 범위를 좁힐 수 있지. 연안 지역에서 그 조건과 일치하는 곳이——."

"그게 그 낚시 도구 가게란 말인가."

"그래. 그 외에도 풍향이나 발견하기 어려운 곳 등, 여러 요인이 있지만 말이지. 아니, 그걸 주어진 자료를 슬쩍 보기만 했는데 꿰뚫어 봤다고 한다면, 정말 엄청난 추리력과 관찰력이야! 게다가 본인은 이능력을 사용하고 있다고 생각하는 듯해. 실로 엄청난 양반이야. 나도 더 정진해야겠어."

다자이가 왜 그렇게 감탄을 했는지 그제야 겨우 이해했다. 그렇다. 얼마나 신이 내린 듯한 능력이라도 그것이 이능력이라면 단순한 현상에 불과하다. 하지만 본인의 추리력이라면 이야기가 다르다. 란포 씨가 과거에 해결한 사건은 열 개, 스무 개 정도가 아니다. 그런데 그 모든 사건들의 진상을 얼마 되지 않는 정보를 슬쩍 보고 순식간에 파악한 것이다. 게다가 단 한 번도 추리에 실패한 적이 없다. 신이 내렸다는 표현 정도로는 설명할 수 없을 만큼 믿을 수 없는 위업이다.

이능력자를 뛰어 넘는 비이능력자. 우리나라, 아니, 세계에서도 드문 입신의 경지라고밖에 표현할 길이 없다.

그건 그렇고——.

나는 조수석에 앉은 다자이를 바라보았다.

"네가 다른 사람의 실력을 보고 놀라다니, 처음 아닌가?"

"어? 그래? 자주 놀라는데. 대합을 먹으려고 젓가락으로 집었는데 아직 살아 있을 때는 정말 얼마나 깜짝——."

"그게 아니다. 너는 다른 사람의 모든 것을 볼 수 있는 게 아닌가 하는 생각이 든다."

항상 어처구니없는 기행을 선보이지만, 다자이의 행동에는

어딘가 세상을 달관한 듯한 분위기가 풍겼다. 그 이유는 잘 모르겠지만, 다자이의 감정은 모두 어딘가 꾸며 낸 것 같다. 이 남자는 종잡을 수 없이 행동하지만, 실은 모든 것을 꿰뚫어 보고 있는 게 아닐까.

"그러게. 구니키다에 관해서라면 대체로 잘 알게 됐어. 이제 놀라지 않겠지. 왜냐하면 구니키다는 스스로가 생각하는 것보다 훨씬 단순하니까."

"뭐라고?!"

"그 반응도 굉장히 솔직해. 아주 좋아. 이제 잠시 동안 '나는 단순한 걸까' 하고 남몰래 고민하는 모습까지 쉽게 예상이 돼서, 아주 즐거워."

"너 이 자식——."

뭐라고 반론하고 싶었지만, 무슨 말을 하든 '예상대로'라는 말을 들을 것 같아 그만뒀다.

"그렇다면 언젠가 반드시 너를 깜짝 놀라게 해 주지. 내 실력으로 네놈의 예상을 뒤엎겠다."

"그거 재미있겠는데? 만약 나를 놀라게 하면 한잔 살게."

"호오. 잊지 마라."

"당연히 잊지 않아. 어떻게 되든 간에 나에게 손해가 되는 일이 아니거든. 앗, 낚시 도구 가게가 보인다."

나는 자동차의 속도를 줄여 낚시 도구 가게가 보이는 옆길에 정차했다.

차에서 내려 낚시 도구 가게를 바라보았다. 제한시간인 일몰까지는 한 시간여가 남았다. 특별한 문제가 없는 한 폭탄 제거에 늦는 일은 없겠지.

"어느 차에 폭탄이 있는지 짐작은 가나?"

"간단해. 내부가 안 보이도록 창문에 선팅이 되어 있는 큰 봉고차를 찾으면 돼."

조금 떨어진 곳에 회사 차를 세워 두고, 경계를 하면서 앞으로 나아갔다. 폭탄을 지키기 위해 무장 요원이 기다리고 있을 가능성도 버릴 수 없다.

낚시 도구 가게는 쉬는 날인지, 주차장에는 10여 대의 자동차가 드문드문 세워져 있을 뿐이었다. 주차장 내에 사람의 흔적은 없었다. 서쪽 경사면에 햇빛이 가려져, 주차장 전체는 어둑어둑했다.

뒤를 돌아보니 바로 등 뒤에 수많은 석유 보관 탱크가 우뚝 솟아 연안까지 쭉 늘어서 있었다. 가장 가까운 탱크는 100미터 정도밖에 떨어져 있지 않다. 주차장에서 폭탄이 폭발하면 불길은 쉽게 저곳까지 옮겨 붙겠지.

"구니키다, 저 차를 봐봐."

다자이가 가리키는 곳을 바라보았다. 그곳에는 작고 흰 상용차가 세워져 있었다. 렌터카 식별 문자 '허'. 멀리서도 알 수 있는 선팅. 게다가 사람은 타고 있지 않은 것처럼 보이는데 고무 타이어가 설치된 부분이 다른 차보다 훨씬 깊게 휘어 있었다. 수백 킬로그램이나 되는 물건이 적재되어 있다는 증거다.

나는 수첩의 페이지에 '무선 전파 방해기'라고 적고 찢어서 생각을 불어넣었다. 수첩의 페이지는 곧장 휴대형 전파 억제기로 모습이 변했다.

"다자이, 부비트랩을 경계하면서 이걸 차량 근처에 놓고 와라. 나는 주변을 조사해 보지."

전파 방해기는 형태 자체는 휴대전화와 거의 비슷하다. 하지만 이 장치는 무선 주파수 대역에 간섭해 근처 무선기기의 전파 통신을 불가능하게 만든다. 유효 범위는 반경 5미터 정도. 이걸 폭탄 옆에 두면 범인이 폭탄을 원격 기동하는 일을 방해할 수 있다.

나는 권총을 들고 주차장 부근을 탐색했다.

적의 방해를 경계하였지만 부근에 매복을 한 사람이나 저격을 준비하는 사람의 기척은 느껴지지 않았다. 대신에 풀숲 사이에 설치된 촬영 장치를 발견했다. 폐병원에서 발견한 것과 같은 타입이 하나, 더 작은 무선 타입이 하나. 폭탄 설치는 이곳이 확실한 듯하다.

문득 목소리가 들려 고개를 들었다.

──저건 뭐지?

도로의 반대편에 사람들이 조금 모여 있었다. 열 명 전후의 사람들이 중심의 무언가를 멀찍이서 보고 있는 듯했다. 그들의 불안한 표정에 불길한 예감이 스쳐 갔다.

권총을 숨기면서 사람들이 모여 있는 곳으로 다가갔다. 말을 걸면서 사람들 사이를 헤집고 나가 그들이 모인 원인을 확인하였다.

호흡이 멈췄다.

그곳에는 있을 수 없는 것이 있었다.

아라무타의 시체.

"구니키다, 전파 방해기를 놓고 왔어. 다음엔 뭘──."

어깨 너머에서 말을 걸던 다자이도 그곳을 보고 말을 잇지 못했다.

왜지?

왜 녀석이 이런 곳에서 죽어 있지?

가까이 다가가 시체의 상태를 관찰했다. 사후반점 없음. 턱의 사후 경직 없음. 겨드랑이 사이의 체온은 아직 온기가 남아 있다. 명백하게 방금 전에 살해당한 것이다. 우리가 도착하기 직전에.

게다가 시체에는 외상이 없다. 사인이 될 만한 외적 변화는 전혀 찾아볼 수 없다. 그 대신 피부 여기저기의 검은 문자가 반점처럼 도드라져 보였다.

숫자 '00'. 온몸에 무수히 많이 새겨져 있다. 대체 뭐지? 문신인가? 아니면──.

"구니키다. 군경의 특수 폭탄 처리반이 곧 도착할 거야. 여기는 전문가한테 맡기고 일단은 떨어져 있는 게 좋겠어." 다자이가 내 어깨에 손을 올렸다.

"──알았다."

아라무타의 소지품을 뒤져 봤지만 동전과 위조 면허증뿐으로 딱히 도움이 될 만한 물건은 지니고 있지 않았다.

의문을 남긴 채, 나와 다자이는 점점 늘어나기 시작한 사람들 틈을 빠져나와 현장을 떠났다.

❂   ❂   ❂

나는 회사 차를 운전하면서 생각했다.

아라무타는 왜 살해당해야만 했을까? 그리고 누구에게 살해당한 것인가?

"구니키다. 생각하는 것도 중요하지만 운전을 소홀히 하지 말아 줬으면 하는데." 조수석에서 다자이가 말했다.

"알고 있어." 핸들을 꼭 잡으며 그렇게 대답했다.

상황을 정리해 보자.

표면적으로 사건은 두 개. 요코하마 여행자 유괴 사건과 폭탄 사건. 실행범은 각각, 운전사와 아라무타. 거기까지는 확실하다.

하지만 그 두 가지 사건은 숨겨진 목적이 있다. 탐정사에 대한 명예 훼손 공격이다. 탐정사가 일에 실패해 피해를 내는 순간의 영상을 세상에 공개한다. 그 목적에는 운전사도 아마 아라무타도 관련되어 있지 않을 것이다. 그 녀석들을 조종하는 흑막이 생각해 낸 계책이다.

흑막의 이름은 '창색 사도'.

'창색 사도'는 운전사, 그리고 아라무타를 조종해 실행범이 되게 만들었다. 그리고 자신은 아무런 죄도 범하지 않고, 마치 실행범이 자발적으로 각각의 사건을 일으킨 것처럼 꾸며 탐정사를 공격했다.

이 흑막을 공격하기란 매우 어렵다. 왜냐 하면 흑막은 실행범들에게 거의 지시를 내리지 않은 채, 그들의 자발적인 범행에 맡겨두고 있었기 때문이다. 운전사도 폭탄마도 범죄를 실행할 때에는 자신의 앞마당, 자신의 방법을 사용했다. 어쩌면 자신들이 조종당하고 있다는 사실조차 자각하지 못했을지도 모른다.

흑막을 제압하지 않는 한 언젠가 제3의 공격이 시작된다. 그때는 정말로 탐정사가 망하겠지. 하지만 단서가 매우 적은 가운데 '창색 사도'를 과연 찾아낼 수 있을까.

그리고 걱정거리가 하나 더.

'창색 사도'에게 과연 어떤 죄를 물을 수 있을까?

흑막인 '창색 사도'가 저지른 죄는 도촬과 협박뿐. 살인도 폭파도 저지르지 않았다. 사건 그 자체는 실행범들이 자발적으로 일으켰기 때문에 살인 및 유괴의 교사범으로 입건하기는 한없이 어렵다. 범행을 지시했다는 증거를 실수로 남기길 기대해야 하는 것일까? 하지만──.

그때 휴대전화에 연락이 왔다. 사장님에게서다. 나는 갓길에 차를 세우고 통화 버튼을 눌렀다.

"구니키다인가. 군경의 협력자에게서 연락이 왔다. 운전사가 ── 죽었다고 한다."

뭐──?!

"하지만 녀석은 군경과 함께 항공기에 타고 하늘에 있었던 게 아닌지."

"그렇다. 항공기 안에서 신문을 하는데 갑자기 고통스러워하더니 금세 숨이 끊어졌다. 사인은 알 수 없지만 온몸에 검은색으로 '00'이라고 적힌 각인이 드러났다고 하는군. ── 일단 회사로 돌아와라. 상황을 면밀히 살펴볼 필요가 있다."

전화를 끊었다. 머릿속에 의문 부호가 마구 휘돌았다.

이걸로 '창색 사도'를 발견할 수 있을 만한 모든 단서가 사라졌다. 운전사에게 장기 매매 수법을 알려준 사람이 유일하게 흑막과 연결된 단서였는데, 운전사가 죽어 추적을 할 수 없게 되었다.

마치 적은 이쪽의 움직임을 속속들이 파악하고 있는 것만 같다. 항상 이쪽의 조사보다 한 발 앞서 움직인다.

우리가 현장에 도착하기 직전에 아라무타는 살해당했고, 지금 마지막 단서인 운전사도 죽었다.

적은 대체 누구지? 탐정사의 수사를 속속들이 알고 있으며, 그 움직임을 실시간으로 알 수 있는 인물.

항상 현장에 간섭하고 그 상황을 남몰래 조종할 수 있는 인물.

"구니키다, 얼굴이 무서워. 괜찮아?"

다자이가 옆에서 말을 걸었지만 대답할 여유조차 없었다.

적은 어떻게 내부 정보를 손에 넣은 거지? 어떻게 탐정사보다 먼저 행동할 수 있는 거지?

다시 휴대전화가 울려 생각이 중단되었다. 로쿠조 소년에게서 온 전화이다.

"여어, 안경. 지금 괜찮아?"

"뭐지?"

"그…… 의뢰를 했었던 메일 발신자 추적이 다 끝났어."

"뭐?!"

그 수가 있었군. 협박장 발신자는 스스로를 '창색 사도'라 칭하고, 유괴 사건과 폭탄 사건을 수사하도록 지시했다. 그 발신원을 추적하면——.

"결론부터 말하면 두 개 모두 같은 컴퓨터에서 발신됐어. 꽤 강력한 프로텍트가 걸려 있었지만, 아무튼 간에 돌파하는 데 성공했지. 그런데——."

"구니키다, 누구한테 온 전화야?"

조수석에서 다자이가 그렇게 물었지만, 나는 손을 들어 제지했다.

"계속 말해 봐라."

"있잖아, 나는 어디까지나 추적 의뢰를 받았을 뿐, 그것을 해석하는 건 내 책임 밖이야. 그러니까 그 결과에 대해 나한

테 물어봐도 할 말이 없어. 그런 점을 잘 생각하고 들어줬으
면 하는데——."

"뜸들이지 마라. 얼른 말해."

"좋아, 말할게. 있잖아——."

"메일의 발신지는 탐정사야. 신입인 다자이라는 녀석의 컴
퓨터였어."

——————————————————뭐라고?

뇌가 얼어붙었다. 머릿속이 새하얘졌다.

말도 안 된다. 함정일 게 틀림없다. 다자이는 계속 나와 같
이 움직였는데. 계속 나와 수사를——.

——탐정사의 수사를 속속들이 알고 있으며, 그 움직임을
실시간으로 알 수 있는 인물.

——항상 현장에 간섭하고 그 상황을 남몰래 조종할 수 있
는 인물.

"또 연락하지."

나는 전화를 끊었다.

"무슨 전화였어? 구니키다의 말투로 봤을 때 로쿠조 소년
이었으려나?"

"조용히 좀 해라."

머릿속이 혼란스러웠다.

다자이. 다자이 오사무. 갑자기 나타나 탐정사에 들어온

신입.

다자이가 나타난 직후부터 일련의 사건이 발생했다.

──군경 첩보부에 근무하는 막역한 친구에게도 부탁해 보았지만, 으스스할 정도로 아무것도 나오지 않았다.

──마치 누군가가 세심하게 과거를 말소해 버린 것처럼 말이네.

폐병원의 유괴 피해자 구출 때에는 다자이가 장치에 손을 대는 바람에 독가스가 발생했다.

그런데 공개된 감시 영상에는 다자이의 모습이 전혀 찍혀 있지 않았다.

──저 녀석, 어떻게 몰래카메라를 피한 거지?

교활하고 신중한 '창색 사도'. 결코 스스로의 손은 더럽히지 않는 흑막.

뛰어난 사고력. 대사관 직원을 속이는 연기력. 장기 밀매에 관한 지식.

나는 멈춰선 자동차에 시동을 걸고 운전을 다시 시작했다.

"다자이."

"왜?"

"조금── 다른 곳에 들렀다 가겠다."

핸들을 돌려 산길을 향해 달렸다.

지나갈 사람이 없을 한적한 길이다.

나는 자동차를 달려 산간에 있는 버려진 폐창고에 들어섰다.

"여기는 어디야?" 다자이가 창고를 보고 물었다.

"이전에 일을 할 때 사용하던 창고다. 예전에는 공업 자재의 보관 창고였지만 해외에 이전하게 되어 버려진 곳이지. 지금은 아무도 이곳을 찾지 않아. 비밀 대화를 하기에는 아주 안성맞춤인 곳이지."

"그~래? 그거 좋네." 무심하게 대답하는 다자이.

창고 안에 들어가 자동차를 세웠다.

이 창고 안은 사방이 벽으로 둘러싸여 있어, 바깥에서 감시당할 염려가 없다. 원군이 오면 소리를 통해 확실하게 알 수 있다.

"내려라."

다자이는 아무 말도 하지 않고 차에서 내렸다. 나는 차를 내리기 전에 자동권총의 탄창을 열어 총알이 있는지 확인을 해 보았다.

수첩을 열고 문자를 적어 넣었다. 그리고 차에서 내렸다.

"조용한 곳이네. 정말 비밀 대화를 하기에 안성맞춤이야. 그래서? 여기서 무슨 이야기를——."

다자이에게 권총을 겨눴다.

"……이 권총은 뭐야?"

"맞춰 봐라."

"기다려, 구니키다. 자네는 이런 식의 장난을 싫어하는 줄 알았는데."

"그래, 아주 싫어한다. 장난이라면 말이지."

"──조금 전에 전화로 무슨 말을 들은 거지? 그게 무엇이든 분명 착각일 거야. 무슨 말을 들었는지 말해 주면 오해라고 알 수 있도록 설명을 해 줄게."

"그렇게 되길 빈다." 나는 총의 방아쇠에 힘을 준 채 물었다. "처음 폐병원에서 가스로 피해자가 죽었을 때…… 너는 감시 영상에 얼굴이 찍히지 않도록 교묘하게 피했었다. 어떻게 한 거지?"

"그런 거였어?" 다자이가 난처한 표정을 지었다. "그곳에 들어갔을 때 감시 장치의 위치를 우연히 봤기 때문이야. 금방 유괴 피해자가 발견되어 자네에게 말을 할 경황이 없었어. 그래서 지적이 늦은 거지. 그에 관해선 미안하다고──."

"그래? 처음부터 감시 장치의 위치와 그 목적을 알고 있었던 게 아닌가?" 나는 말을 계속했다. "두 번째. 폭탄 범죄자를 찾기 위해 대사관에 가야 한다고 말한 사람은 너였지? 어떻게 그런 생각이 바로 떠오른 거지? 아라무타에 대해 이미 알고 있었던 게 아닌가?"

"이거야 원. 진심이야? 똑똑하다고 칭찬을 받을 일이지, 의심을 받을 일이 아니잖아. 그런 이유로 날 의심하는 건가?"

"장기 밀매 조직에 관한 지식은 어디에서 얻었지?"

"그건…… 그러니까, 술집에서……."

"거짓말을 하려거든 좀 더 진지하게 하는 게 어떠냐! 이능력 특무과의 다네다 선생님과 만난 건 우연인가?"

"잠…… 잠깐만! 총을 좀 내려 주면 안 될까? 그럼 얘기할게."

"왜 네 컴퓨터에서 '창색 사도'에 관한 전자메일이 발신된 거지?! 대답해라!" 권총의 공이치기를 당기며 외쳤다.

그 외침을 듣자 다자이의 표정이 사라졌다.

"그렇군. 로쿠조 소년의 전화는 그 때문이었던 건가? 그 나이에 굉장한 실력이군……. 분명 좋은 탐정이 될 거야."

다자이의 목소리는 평탄하고 감정이 없었다. 그야말로 아무런 감정도.

되돌아보면 다자이에게는 속을 알 수 없는 부분이 있었다. 인상이 강렬한 기인이면서도, 사람의 마음을 사로잡는 지성과 책략의 화신이기도 했다.

대사관에서 보여준 공안 형사의 인격이 훌륭한 연기였던 것처럼, 지금까지 상대해 왔던 다자이라는 인물의 인격이 뛰어난 연기가 아니었다고 과연 누가 단언할 수 있을까.

"지금 당장 이해할 수 있게 설명해라. 안 그러면 쏘겠다."

"구니키다는 쏠 수 없어." 다자이가 고개를 저었다. "자네는 꼼꼼한 성격에 이상주의자야. 모든 수수께끼를 풀어 자백을 얻은 뒤, 범인을 체포하여 사법의 판단을 받게 하는 게 자네의 이상이지. 진실이 애매모호한데 용의자를 이런 곳에서 쏴 죽일 리가 없어."

"'창색 사도'에 대해 사법 권력은 무력할 뿐이다." 유괴도 살인도 하지 않았을 뿐만 아니라, 그 교사조차 하지 않은 범인에게 어떤 구형이 내려질지는 뻔하다. "쏜다. 그게 해야 할 일이라면."

──그의 영혼에서 사악하고 흉악한 낌새가 느껴질 때에는 네가 쏴라.

사장님의 말.

자신의 손에 맡겨진 무거운 권총.

── '해야 할 일을 해야 한다.'

"구니키다. 만약 내가 '창색 사도'이고, 자네의 이상이 '창색 사도'를 신속하게 쏴 죽이는 것이라 하더라도── 나를 쏘지는 못 해."

다자이의 눈동자에 무자비한 빛이 깃들었다.

모든 것을 꿰뚫어 보는 듯한, 냉철한 지성을 지니고 있는 괴짜.

"생각해 봐. 살해당한 아라무타는 잔돈과 가짜 면허증 정도밖에 지니고 있지 않았어. 그럼 기폭 장치는 어디에 있을까?"

무선으로 폭탄을 기폭할 수 있는 장치.

그게 없는 한 폭탄 협박은 성립하지 않는다.

"아라무타의 뒤를 조종하고 있던 흑막이── 가지고 있겠지."

"그래. 그 흑막이 만약 탐정사의 움직임을 알고 있다면? 그리고 폭탄의 소재를 탐정사가 밝혀냈다는 사실을 알고 있다면? 그 흑막은 폭탄을 옮기든가, 다른 작전을 실행하지 않을까?"

어느샌가 다자이의 오른손이 코트 주머니에 들어가 있었다.

주머니 안에서 무언가를 쥐고 있다고 하더라도, 이곳에서는 확인할 방법이 없다.

폭탄은 아직 제거되지 않았다. 그렇게 말하고 싶은 건가?

그러니 그 기폭 스위치를 지금 누를 수 있다고.

그러니 자신을 쏠 수 없을 거라고.

──물러 터졌군.

"그거라면 이미 예상하고 있었다. 이걸 봐라."

나는 가슴 주머니에서 그것을 꺼내 지면에 내려놓았다.

"조금 전, 폭탄 현장에서도 사용한 무선 방해기다. 내가 서 있는 곳 주변 5미터 이내에서는 모든 무선 통신기의 기능이 방해를 받는다. 원격 기폭 스위치도 예외가 아니지."

"아니──."

깜짝 놀라는 다자이.

나는 다자이에게 총구를 겨눈 채, 다자이가 손을 넣었던 주머니를 뒤졌다. 무언가가 손에 닿아 그것을 꺼냈다.

만년필과 푸른 천.

"아, 속아 넘어가지 않았네. 그건 평범한 만년필이야." 생긋 웃는 다자이.

확실히 그것은 다자이가 대사관에서 애용한다며 보여 주었던 만년필이었다.

"평범한 사람이라면 이 정도로도 널 믿겠지. 하지만 네 수법을 알고 있는 파트너를 속이기에는 조금 모자라다."

만년필을 돌려 뚜껑을 빼냈다. 펜촉을 꺼내 끝을 보니, 본래 있어야 할 잉크 심이 아니라 가늘고 긴 회로가 그대로 드러난 전자 장치가 나타났다.

소형 무선기다.

"이게 기폭 스위치인가?"

"……역시 구니키다야. 거기까지 간파할 줄이야. 굉장해."

다자이가 감정 없이 웃었다.

"역시 네가 파트너라 다행이야."

다자이의 그 말에 감정이 복받쳐 올랐다.

"시끄럽다!"

나는 조준을 비껴서 총을 한 발 쏘았다.

총알은 다자이의 발밑 쪽 바닥으로 날아가 떨어졌다. 하지만 다자이는 안색 하나 변하지 않았다.

"목적이 뭐냐! 왜 그런 사건을 일으켜 탐정사를 협박한 거지?! 뭣 때문에 실종자를 죽이고 폭탄을 설치했냔 말이다! 너는…… 너는."

유능했는데.

파트너로서 부족함이 없을 만큼.

"마지막 경고다. 모두 말해라. 그렇지 않으면 쏘겠다."

다자이는 대체 누구지?

'창색 사도'는 대체 어떤 자냐.

스스로는 아무것도 하지 않은 채, 범죄자에게 죄를 저지르게 한 뒤 죽였다. 피해자를 말려들게 하면서까지.

범죄자를 죽였다──.

──그렇다면 갈구하자, 이상적인 세계를.

──신의 손이 아니라 불완전한 우리의 피에 젖은 손으로.

설마.

손에 들고 있던 파란 천을 바라보았다. 다자이의 주머니에서 빼앗은 것이다.

이것과 같은 것을 최근에 본 적이 있었던가?

── '창왕'의 유해는 흔적도 없었다고 들었는데요.

──혹여 죽음을 위장하고 도망하여 지금도 어딘가에서 은거하고 있는 게 아닐지.

'창왕'의 신원은 이미 확실하게 밝혀졌다. 전 엘리트 관료다.

하지만 얼굴과 경력을 바꾸는 것쯤이야 그런 쪽의 전문가에게 부탁하면 불가능한 일이 아니었다.

군경의 현장 해석반을 속여 죽음을 위장하는 방법도 어쩌면 있을지도.

──다자이의 과거에 대해 사무 쪽 직원에게 조사해 보도

록 했다. 하지만, 아무것도 없더군. 완전히 백지다.

다자이라면 가능할 수도.

"너── 네가 그 '창왕' 인가? 나와 탐정사에게 복수하기 위해 이토록 원대한 계획을 세운 건가?"

"쏘게."

다자이는 지금 무언가를 초월한 듯한 미소를 짓고 있다. 그 모습에서는 평온함마저 느껴졌다.

"자네의 승리야, 구니키다. 어서 쏴. 자네는 그런 지시를 받았을 텐데. 그게 옳은 일이야. 그리고 자네는 그럴 만한 자격이 있어."

"자격이라니 무슨 말이냐!"

"자네에게라면 총에 맞아도 괜찮아."

아니다. 내가 하고 싶은 것은 이런 것이 아니다. 다자이에게서 진실을, 진실을 캐내야 한다.

──그의 영혼에서 사악하고 흉악한 낌새가 느껴질 때에는.

아니다. 진실을 확인해야 한다.

──네가 쏴라.

자네에게라면 총에 맞아도 괜찮아, 라고?

그렇구나.

그런 것이었나?

"알았다."

다자이의 미간을 향해 권총을 조준했다.

어깨에 힘을 주고, 한 쪽 눈을 감으며 총을 겨눴다. 이 거리라면 절대 빗나가지 않는다.

"쏘겠다, 다자이. 정말로 쏜다. 마지막이니까 당황하기라도 좀 해라."

내 말을 듣고도 다자이는 여전히 평온한 웃음을 지을 뿐이었다.

"어서 쏘래도."

다자이의 말.

더 이상 주저할 필요가 없었다.

나는 방아쇠에 걸어 놓았던 손가락을 굽혔다.

총구에서 총알이 발사되었다.

총알은 공중을 찢으며 전진해

미간에 명중했다.

다자이의 머리가 튕겨 나가듯이 뒤쪽으로 튀었다.

그 기세와 함께 다자이의 몸이 뒤로 젖혀졌고,

튕겨 나간 몸이 공중에 뜨더니, 이윽고――

쓰러졌다.

나는 총을 내렸다. 총구에서는 흰 연기가 흐릿하게 피어올랐다.

"……."

정확하게, 총알은 다자이의 두개골 중심에 명중됐다.

이 거리이니 빗나갈 리가 없었다.

권총에 다시 안전장치를 걸고, 총이 오발사되지 않는다는
사실을 확인한 뒤 품에 넣었다.

다자이에게서 빼앗은 만년필형 기폭 스위치를 힘을 주어
부러뜨렸다. 내 손 안에서 기기는 꺾이고 비틀려 기능이 정
지되었다.

다음에 무엇을 할지 생각해야 한다. 나는 멈춰 있는 자동차
를 향해 걸었다.

몇 걸음을 걸었을 때, 손에 든 휴대전화가 울렸다. 지면에
놓아둔 무선 방해기에서 멀리 떨어지자 전파가 닿아 통신이
가능하게 된 것이겠지.

나는 무표정하게 휴대전화의 액정을 확인해 보았다. 탐정
사에서 온 전화다.

"여보세요."

전화의 상대는 요사노 선생님이었다.

"구니키다? 큰일이야! '창색 사도'라고 하는 미친 녀석한
테 다음 협박장이 도착했어! 전송해 줄 테니 바로 움직여!"

"하지만 지금은."

전화가 문서를 수신하는 것과 동시에 통화가 끊겼다.

난 휴대전화를 조작해 수신 문서를 확인했다. 그곳에는 다

음과 같은 글이 적혀 있었다.

 삼가 아룁니다

 귀사에 다시 한 번 의뢰를 부탁드리고자 합니다.
 오늘 현 시각에 하늘을 날고 있는 여객기 JA815S의 엔진 및
조종간 기능을 정지시키는 간섭 신호를 발신하고자 합니다.
 이 여객기에 설치된 장치를 제거, 여객의 안전을 확보해 주
시길 부탁드립니다.
 언짢게 생각 마시고 양해해 주십시오.

 감사합니다.

창색 사도

"비행기…라고?"
 이 타이밍에 세 번째 협박.
 유괴보다도 폭파보다도 비행기에 대한 공격을 저지하는 게
훨씬 더 어렵다. 공중을 초고속으로 나는 여객선에 올라타
장치를 제거하다니, 불가능하다. 만약 하려고 한다면 군의
전투기가 필요하다. 아니, 설사 군이라 하더라도 여객기에
침입 대책이 세워져 있을 경우에는 손쓸 방법이 없다.
 엔진 및 조종간의 기능 정지. 그게 무엇을 의미하는가.

항행 중의 여객기는 동력을 잃어도 잠시 동안은 양력으로 항행할 수 있다. 하지만 그렇다 하더라도 조종이 불가능할 경우 고도가 낮아질 수밖에 없어 결국에는 추락한다. 좌우의 조타가 불가능해서는 비교적 안전한 바다 위에 착수하기도 어렵다. 그리고 일단 지상에 충돌하면 우주가 개벽하는 것보다도 더 큰 기적이 일어나지 않는 한 승객은 모두 사망한다.

절대 회피 불가능한 제3의 협박.

회피할 수 있는 방법은 단 하나밖에 없다.

다자이를 내려다보았다.

다자이는 똑바로 하늘을 마주 본 채로 쓰러져 눈을 감고 있다.

나는 똑바로 누워 있는 다자이에게 천천히 다가갔다.

○　　○　　○

"언제까지 죽은 척을 하고 있을 거냐, 이 멍청아. 일어나서 일해라."

다자이의 몸을 찼다.

"어~? 좀 더 자고 싶은데."

다자이가 입술을 삐죽였다.

○　　○　　○

"다음 핀치인가 보지?"

"그래. 진짜 범인이 비행기를 추락시키겠다는 협박 메일을 보냈다. 네가 이 협박의 흑막이 아니라면 좀 도와라."

"구니키다라면 그걸로 쏠 거라 생각했어." 다자이가 누운 채 미소 지었다.

"네놈은 여전하군. 책략은 상관없지만, 쓸데없는 촌극에 날 끌어들이지 마라."

나는 조금 전 쏜 권총을 다자이에게 던져 주었다.

다자이가 권총을 잡았다.

권총은 다자이의 손 안에서 수첩의 페이지로 돌아갔다.

"그런데 어떻게 알았지? 나는 사장님께 완전히 똑같은 형태의 권총을 하사받았는데. 그쪽으로 쏠 거라고는 생각 안 한 건가?"

"그야 물론 신뢰했기 때문이지. 신중한 구니키다가 갑자기 진짜 총으로 위협할 리가 없잖아."

"네가 말하니 신뢰라는 단어가 더러워진 것 같다."

내가 다자이를 향해 쏜 권총은 이능력 '돗포 시인'으로 만들어 낸 수첩의 페이지였다.

총알도 마찬가지로 이능력으로 만들어 낸 것이기 때문에 다자이의 몸에 닿은 순간, 다자이의 이능력 무효화 능력이 발동해 소멸해 버렸다.

"언제 처음 눈치챈 거야?"

"네 말을 듣고 눈치챘다."

다자이가 진심으로 '자네에게라면 총에 맞아도 괜찮아'라고 말했을 리가 없다. 다자이와 일을 하면서 배운 것이라고는 다자이가 이런 식의 수상쩍은 대사를 날리면 십중팔구 상대를 놀릴 때라는 사실이다. 평소의 다자이라면 이런 상황에 직면했을 때, '이걸로 죽을 수 있겠어'라고 하면서 춤을 추며 기뻐했겠지. 이상한 모습이 정상이고 정상적인 모습이 이상한 남자이다.

"그리고 또 하나. 이 만년필이다. 이건 기폭 스위치가 아니라 도청기지?"

"정답." 다자이가 웃으며 나를 가리켰다.

멋으로 탐정 회사에 다니고 있는 게 아니다. 기폭 스위치인지 아닌지는 바로 앞에서 보면 알 수 있다.

다자이는 이 도청기를 못 쓰게 만들기 위해 이 촌극을 꾸민 것이다.

내가 무선 방해기를 준비해 도청기가 작동하지 못하게 할 거란 걸 예측하고.

"언제 바꿔치기 당한 거지?"

"낚시 도구 가게 근처에서 시체를 보고 있던 사람들을 헤집고 지나갔잖아? 그때 누군가에게. 이거야 원, 정말로 애용하던 만년필인데 말이지. 보상을 받아야겠어. 비록 굉장히 쓰기 불편한 만년필이었지만."

"그때 도청기로 바꿔치기 당할 때 창색기도 섞어 넣었다는 거군."

이 속임수로 적은 다자이를 진짜 범인이라고 생각하게 만들 속셈이었던 것이다.

하지만 상대를 잘못 골랐다.

"너 정도 되는 남자가 적이 접촉해 온 다는 것을 알면서도 아무것도 안 하고 스쳐지나가기만 하지는 않았을 텐데?"

"물론. 오히려 내가 계속 흑막 역할을 연기해 온 이유는 그 순간을 위해서였어. 도청기를 넣어두기 위해 접근하는 찰나를 노려 내가 반대로 상대에게 좌표 발신기를 부착했지. 나를 속이려 들다니 200년은 일러."

다자이는 상대의 속셈을 모두 파악하고 일부러 그 계획에 따랐다.

'창색 사도'는 스스로의 손을 더럽히지 않은 채, 반드시 실행범을 준비하는 타입의 범죄자다. 유괴도 폭탄도 실행범에게 모두 맡기고, 자신은 혐의를 받지 않도록 모든 상황을 면밀히 설정하고 있다.

그렇다면 '창색 사도'라는 역할 자체도 누군가가 대신하도록 만들어 놓는 게 아닐까.

다자이는 그렇게 생각했다.

"처음으로 눈치챈 건 폐병원의 감옥에서 가스가 발생했을 때야. 그때 나는 아직 전차 단말에 손을 대지 않았었거든. 그런데 가스가 발생했지. 그렇다면 범인은 우리의 상황을 감시하면서 마치 내 탓에 독가스가 발생한 것처럼 보이게 만들기 위해 장치를 원격 조작했다는 말이 돼. 적은 왜 그런 짓을 한 걸까. 내 의문은 거기에서부터 시작됐어. 상황을 이해하는 데 그렇게 오래 걸리진 않았지."

적의 노림수는 진짜 범인의 날조.

경력이 분명치 않은 신입은 진짜 범인으로 만들기에 가장 적절했다.

하지만 다자이는 그 계획을 저지하기 위한 조치를 하나도 취하지 않았다.

"이 적은 절대 겉으로 모습을 드러내지 않아. 적은 자신을 찾아낼 만한 증거도, 추적할 수 있는 호기도 철저하게 없애 버렸지. 하지만 그런 적도 딱 한 번 외부와 접촉해야만 하는 순간이 있었어. 꼭두각시를 만들 때야. 진짜 범인과 접촉할 수 있었던 사람은 운전사, 폭탄마, 즉, 실행범뿐이었고, 그것도 아주 잠시뿐이었어. 그러니 적의 꼬리를 잡기 위해 스스로 실행범이 될 수밖에 없었던 거야. 구니키다가 그 진상에 대해 눈치채 주지 못했다면, 그대로 범인이 되어 감옥에 투옥될 뻔했어."

그리고 다자이는 상대의 계략에 빠져 완전히 속아 넘어간 연기를 계속하여 아주 자연스럽게 도청기를 못 쓰게 만들었다. 도청을 하고 있던 흑막의 입장에서는 지금 이 순간, 도청기에서 전혀 소리가 들리지 않는 것도 계획대로 진행된 결과일 테니 아무런 문제가 없다고 생각할 수밖에 없다.

아주 잠시간의 감시에서 벗어난 시간.

그 잠시의 방심을 이끌어 내기 위해 다자이는 나에게 진실을 이야기하지 않으며 일부러 의심을 샀다.

새삼 감탄을 했다.

정말 무서운 남자다.

경험 많은 폭탄마도 조종하는 지략의 화신. 그 적이 자신에게 누명을 씌우려고 한다는 사실을 눈치채는 데만 해도 상당한 관찰력이 필요하다.

하지만 다자이는 그것을 자신의 작전 중 일부로 이용했고, 적을 끌어내기 위해 자신의 작전을 작살처럼 상대에게 되던졌다.

"이제 도청기를 나에게 몰래 넣었던 적은 지금쯤 숨넘어갈 듯이 웃고 있겠지. 예상대로 나는 의심을 받았고, 같은 편에 의해 단죄되었으니까. 그리고 이 순간은 적이 다음 수를 쓰기에 딱 안성맞춤이야."

나는 고개를 끄덕였다. 비행기를 이용한 협박이 이 타이밍에 도착한 것은 아마도 우연이 아니다.

도청기를 통해 내가 다자이를 의심하는 소리를 들은 시점에, 적은 다자이가 처형당할 것을 확신했을 것이다. 그 확신은 거의 정답이었다.

그리고 다자이가 쓰러질 때쯤을 노려 제3의 협박을 보냈다.

"탐정사 입장에서는 최악의 타이밍이야. 하늘을 나는 비행기에 옮겨 가 해결을 해야 하다니, 할 수 있을 리가 없으니까. 그 협박문을 썼어야 할 나는 방금 구니키다에게 총에 맞아 버렸어. 사면초가인 상황에서 그대로 투료. 탐정사는 끝인 거지."

그렇다. 원래 적의 시나리오대로라면 그렇게 됐어야 한다.

──상대가 만약 다자이가 아니었다면.

"방법은 하나밖에 없다…… 네가 부착한 좌표 발신기를 따라 적의 본거지를 직접 칠 수밖에!"

"녀석들의 얼을 빼놓자고!" 다자이가 일어섰다.

❂　❂　❂

도청기와 무선 방해기를 모두 폐창고에 남겨두고, 우리는 자동차로 이동하기 시작했다.

다자이가 휴대형 발신기 추적 단말을 켰다. 발신기는 우리가 있는 곳에서 꽤 가까운 산간부에 정지해 있었다. 탐정사에게 그 지점의 정보 수집을 의뢰했다. 적의 본거지라고 한다면 어떤 방어 시설이 있을 가능성도 있기 때문이다.

하지만 조금 전에 탐정사에서 온 연락은 '항공기와 연락이 닿았다' 라는 것이었다.

승객의 소지품을 확인한 결과, 우연히 통화 가능한 영상 통신 단말을 발견했다고 한다.

휴대 단말로 영상을 보내게 했다. 영상이 기내의 승객석을 비췄다.

"아…… 저는, 비행기에 타고 있는, 사람, 이에요. 이걸 들

고 있던 엄마는 속이 울렁거린다고 해서…… 제가, 대신, 이
야기하고 있어요. 비행기의, 고도가, 점점, 낮아져서, 많은
사람들이, 울거나, 소리를 지르거나 해서……."

"젠장!"
영상을 보고 이야기하는 사람은 열 살이 될까 말까한 어린
소녀였다.
흔들리는 기내에서 영상 장치를 보고 이야기하는 그 얼굴
은 눈물로 범벅이 되어 있었다.
"방송으로, 앉아 있으라고, 기장님이……. 근데 다들 말을
안 듣고, 날뛰는 사람도……."
"이쪽은 지상이다. 들리지? 힘들겠지만 비행기의 상황을
알려 줬으면 하는데."
"비행기가, 점점 아래로 내려가요. 엔진이 꺼져서, 조종도,
할 수 없대요."
소녀는 공포로 일그러진 표정을 지으면서도 자신이 놓인
상황과 해야 할 행동에 대해 잘 알고 있는 듯, 필사적으로 상
황을 전달하려 했다.
"들리세요? 저희들은 죽는 건가요? 다들 그렇게 말해
요……. 무서워요, 엄마, 움직이지도 않고, 대답도 안 해요.
그러니까 부탁이에요. 제발 저희들을……."
"꼬마 아가씨, 들리니?" 다자이가 통신을 계속 이어갔다.
"우리들은 비행기 전문가야. 우리들이 알게 됐으니 이제 괜찮

아. 비행기는 반드시 고칠 수 있어. 꼬마 아가씨, 이름은?"

"치⋯⋯ 치세요."

"치세구나. 걱정 안 해도 돼. 혹시 과자 가지고 있니?"

"엄마가 준⋯⋯ 사탕이 있어요."

"사탕이라. 오빠도 사탕을 아주 좋아해. 달콤한 사탕을 입에 물면 마음이 놓이잖아."

"이봐, 다자이."

"가만있어. ⋯⋯치세. 그 사탕을 입에 넣고 천천히 맛을 봐. 그 다음 지금 들고 있는 기계를 들고 기장님이 있는 방으로 가는 거야. 기장님이 어느 방에 있는지 아니?"

눈물을 닦으면서 고개를 끄덕이는 소녀.

"그곳에 가면 소리를 지르는 사람도 없을 거야. 그러니까 괜찮아. 엄마도 분명히 괜찮아질 거야."

"혼자 있으면 안 돼요⋯⋯ 엄마가, 여기에, 혼자서."

"엄마는 괜찮아. 기장님이 어떻게든 해 줄 테니까. 기장님한테 가서 지금 들고 있는 기계를 주는 거야. 알았지?"

소녀는 잠시 고개를 숙인 채 몸을 떨었지만, 이윽고 사탕을 들고 일어서 기장실을 향해 걷기 시작했다.

자동차의 핸들을 쥔 손에 힘이 들어갔다.

"이쪽은 여객기 815S의 기장이다. 현재 관제탑과의 통신 및 엔진이 정지해 관성으로 항행 중이다. 그쪽은 누구인가?"

기장이 통신에 대고 말했다. 불혹이 지나 숙련된 풍모를 자랑하는 조종사다.

나는 통신기에 대고 대답했다.

"우리는 무장 탐정사다. 군경의 대응 부대로는 시간에 맞출 수 없어 상황을 알고 있는 우리가 대응에 나섰다. 비행기의 상태는 어떤가?"

"무장 탐정사? ──그 실종자들을 독가스로 죽게 만든 탐정사 말인가? 정말 괜찮은가? 만약에──."

"미안하지만 사건의 전체상을 파악하고 있는 사람들은 우리뿐이다. 군경의 경우 정보 파악과 지휘 계통의 형성까지 몇 시간은 걸린다."

"몇 시간씩은 못 버텨! 이 비행기는 거의 모든 전자기기가 정지해 가속은커녕 우회조차 불가능하다. 계산상으로는 한 시간 정도가 지나면 육지와 충돌한다!"

"잘 들어 주기 바란다. 이건 인위적인 파괴 공작이다. 기내에 수상한 기기 또는 파괴 흔적은 없는가?"

"⋯⋯부조종사가 화물실에서 커다란 철 상자를 발견했다. 기내의 배선과 접속되어 있는 것으로 보인다는 사실은 알게 되었지만 철 상자 자체가 여객기에 용접되어 있다. 비행기 내의 도구로는 파괴도 철거도 할 수 없다."

그렇군. 아마도 그 장치가 항공기 시스템에 장애를 일으키고 있는 거겠지.

범인은 항공기 격납고에 있던 여객기 하나에 침입해 여객기의 조작 계통을 일시적으로 마비시키는 장치를 용접했다. 그 장치를 이륙 후에 원격 조작하여 항공 능력을 마비시킨 것이다.

확실히 일을 하다가 어떤 자료에서 읽은 기억이 난다. 옛 국방군이 적 항공기의 능력을 빼앗는 설비를 개발 중이었다고──결국 사전에 장치를 기내에 설치해야 할 필요가 있어 군용으로는 활용할 수 없었다고 하는데, 이번 상황은 그것과 많이 닮아 있다.

만약 이번 여객기에 같은 타입의 장치가 설치되어 있다면 지상에서 신호를 통해 그 장치를 제어하고 있을 게 분명했다. 즉, 지상의 제어 장치를 차단하면 항공기의 조작을 회복시킬 수 있을 가능성이 높다.

"기장에게 전한다. 지금부터 우리는 여객기의 조작을 마비시킨 원인을 제거하겠다. 신호가 가면 바로 고도를 다시 올릴 수 있도록 준비해 주기 바란다."

"알겠다. 하지만 너무 지표에 가까우면 고도를 회복하기가 어렵다. 서둘러 주기 바란다. 이쪽엔 승객 400명이 탑승하고 있다. 게다가 계산상으로는 앞으로 한 시간 후, 요코하마의 조세 피난처 부근으로 추락하게 된다."

앞으로 한 시간.

어떤 형태로 추락하든지 간에, 승객 400여 명은 거의 전원 사망한다. 게다가 조세 피난처의 상업밀집지에 추락하면, 지상도 심각한 피해를 입는다. 피해 규모는 아라무타의 폭탄과 비교할 게 못된다.

시간이 없다.

액셀러레이터를 힘껏 밟았다.

발신기를 쫓아 우리는 요코하마의 산간부를 질주했다.

주변에는 민가도 없어, 거칠고 낮은 삼림지가 자동차에 그림자를 짙게 드리울 뿐이었다.

"여기인가."

자동차를 세웠다. 눈앞에는 산에 세워진 검은 철문.

지난 대전 때에 부설되었던 옛 국방군의 군사 시설 터로, 그 방공호의 입구였다.

아무도 사용하지 않고 방치되어 썩어 없어지기를 기다리는 군사 시설. 그렇군. 이곳이라면 기기를 옮겨 오거나, 안에서 대포를 쏴 대도 아무도 신경 쓰지 않겠지.

갑자기 양옆의 경사면에서 총성이 울렸다. 회사 차에 총알이 비처럼 쏟아져 차체가 비명을 질렀다.

"적의 기습이다! 차에서 내려라!"

액셀러레이터를 밟아 차를 급가속시켰다. 동시에 자동차에서 뛰어내려 숲 속으로 도망쳤다.

"아무래도 틀림없이 여기인 듯하군……!"

경사면의 바위 틈. 소총으로 무장한 적에게 총격을 받았다. 적은 셋…… 네 명인가.

"구니키다, 어떻게 할 거야?!" 경사면의 틈에 숨어 다자이가 외쳤다.

"녀석들의 목적은 시간 벌기다! 내가 엄호할 테니 시설로 돌입해라!"

그렇게 외치는 내 머리 위로 총알이 날아갔다.

적의 상황을 살폈다. 차폐물에 숨어 소총을 난사할 뿐이었다. 총은 고급이지만 포트 마피아에 비하면 병사들의 숙련도는 높지 않았다.

"'돗포 시인'——섬광류탄!"

이번에는 수첩의 페이지를 너무 많이 쓰는 것 같다!

섬광류탄을 투척했다. 적의 머리 위에서 작렬한 섬광과 폭음이 적을 움츠리게 했다.

"지금이다! 어서 가라!"

권총을 쏘면서 다자이를 재촉했다. 다자이가 튀어 나가듯 달려갔다.

o　　o　　o

다자이는 구니키다와 헤어져 낡은 방공호를 향해 달렸다.

발신기의 신호는 방공호를 빠져나간 정비장 쪽을 가리켰다. 수직 구멍을 올라 조차장을 빠져나갔다. 그리고 외벽이 함석으로 만들어진 2층짜리 정비장으로 뛰어들어 갔다.

방치된 정비장은 차량과 항공기를 격납하는 1층의 격납고와 격납고를 내려다볼 수 있는 2층 통신실로 이루어져 있었다. 다자이는 계단을 뛰어올라 2층에 있는 통신실로 들어갔다.

"이곳인가."

통신실은 바닥이 벗겨져 이곳저곳에 녹이 보일 만큼 고색 창연했지만, 누군가가 빈번하게 드나들었다는 사실을 나타내 주듯이, 문의 이음매는 새로 고쳐 깨끗한 상태였다. 책상에는 안이 조금 남은 양조주의 병과 아직 연기가 피어오르는 담배가 놓여 있었다.

벽에 설치된 대형 통신기에는 빛이 들어와 있어, 아직 가동 중임을 나타내 주었다.

다자이는 통신기에 다가갔다.

그 순간, 다자이의 등에 그림자가 드리워졌다.

어느 사이엔가 그곳에 이국풍의 거한이 서 있었다.

갈색 피부에 우락부락한 골격. 팔에는 동백나무 문신. 눈동자는 암녹색. 몇 줄기나 되는 스킨헤드의 오래된 상처.

거한은 아무 말 없이 다자이를 내려다보았다.

"뭐 하는 거지?" 거한이 시치미를 떼며 물었다.

"뭐 하냐니…… 당연한 거 아냐?! 경고야!" 뒤를 돌아보자마자 다자이가 외쳤다. "탐정사가 이곳을 밝혀냈어! 빨리 도망가지 않으면 모두 교수형이야! 보스는 어디 있지? 입구도 곧 돌파당할 거야. 시간이 없어!"

다자이는 다급하게 말을 내뱉었다.

"나는 네놈을 처음 본다."

"그야 당연하지. 나는 보스밖에 모르는 잠입원이니까. 보스는 비밀주의자야, 안 그래? 됐으니까 어서 보스를 불러와!"

거한의 얼굴에 당혹감이 묻어났다.

"알았다."

거한이 통신실에서 나가려고 돌아서면서 다자이에게 등을 보였다.

파쇄음.

거한이 느릿한 동작으로 바닥에 쓰러졌다. 머리에는 커다란 타박상이 나 있었다.

거한의 등 뒤에는 반쯤 깨진 양조주 병을 쥔 다자이가 웃으며 서 있었다.

"보스는 비밀주의자야. 만난 적이 없으니 감일 뿐이지만."

거한을 방심시키고 등 뒤에서 술병으로 때린 다자이는 병을 버리고 다시 통신기를 향해 돌아섰다.

"이제는 통신기로 정지 신호를 보내기만 하면 되는 거군."

○　○　○

상대한 소총 부대를 제압하고 나는 다자이의 뒤를 쫓았다.

입구에서의 소란스러운 요격전과는 달리, 군사 시설 안은 죽은 사람처럼 정적에 휩싸여 있었다. 곳곳에 새 구두 발자국과 자동차 바퀴의 흔적이 있으니 녀석들의 아지트임에는 틀림없는데, 이래서는 다자이를 쫓아갈 수 없다. 발신기 추적 장치는 다자이가 가지고 있기 때문이다.

그렇게 함석벽 앞을 지났을 때, 안에서 유리가 깨지는 듯한 충격음이 들려왔다.

──다자이가 적과 싸우고 있는 건가?

정비장의 벽에 등을 대고, 권총을 들었다. 그리고 입구에서 뛰쳐나가며 총구를 안에다 대고 적이 있나 살폈다.

이 건물의 1층은 장갑차나 항공정의 격납고였던 듯한데, 지금은 모두 치워 버려 맨 땅을 드러낸 빈 공간이었다. 2층은 통신실과 사무실인가. 목표인 통신기가 있다고 한다면 2층인데──.

그때 몸에 맹렬한 위화감과 오한이 밀려들었다.

피부 바로 밑을 보이지 않는 벌레가 수없이 기어 다니고 있는 듯한 불쾌감. 결국 버티지 못하고 무릎을 꿇었다.

발밑의 지면에 무언가 문양이 그려져 있다는 사실을 깨달았다. 원과 직선. 다양한 도형과 문자. 문자는 판독이 불가능한 고대 기호 같았다. 신령 마술인가 뭔가의 의식에 사용되는 마법진과도 닮아 있는데── 이걸 밟은 직후에 오한이 덮쳐 왔다. 즉──.

몸의 불쾌한 아픔과 가려움에 무언가를 직감하고 옷의 소매를 올려 보았다.

피부에 '39'라는 문자가 떠올라 있었다.

몸 전체를 확인했다. 팔, 가슴, 발목. 확인이 가능한 것만 해도 몸의 아홉 군데에 문신 같은 각인이 새겨져 있었다. 수초 전까지만 해도 분명히 없었던 각인이다.

"당신의, 당신의 숫자를, 줘."

가냘픈 목소리가 들리는 쪽을 향해 반사적으로 총구를 겨눴다.

목소리가 들린 곳을 보니 그곳에는 단신의 소년—— 아니, 청년——이 있었다. 비틀거리는 발걸음으로 이쪽을 향해서 온다. 나는 총을 조준했다.

"움직이지 마라! 우리는 무장 탐——."

끝까지 말을 할 수가 없었다.

보이지 않는 엄청난 충격에 멀찍이 날아가 버렸기 때문이다.

내 몸이 수평으로 날았다. 땅 위에 세게 부딪쳤다 다시 떠올라 벽에 충돌했다. 함석벽이 납작해졌다.

뇌가 빙글빙글 돌았다. 세계가 춤을 추었다. 회전하며 내던져진 탓에 평형감각을 유지할 수 없었다. 반격을——.

옆에 떨어져 있던 권총을 간신히 주워들었다.

다시 누군가가 차 올린 듯한 투명한 충격파가 팔을 덮쳐 나는 몸을 뒤로 젖혔다. 뼈가 삐걱였다. 권총이 하늘을 날았다.

"아주, 아주 힘이 넘쳐서 멋져, 당신. 분명 좋은 숫자를 지니고 있겠지?"

마른 청년이 권총을 주워들었다. 신기하다는 듯이 권총을 들여다보았다.

명백하게—— 이능력자. 그것도 전투형. 원격 공격 계열의 이능력이다.

자신의 피부에 새겨진 각인을 확인했다.

그 숫자는 '32'.

설마——.

"여기를 발견해 내다니, 역시 무장 탐정사야. 역시 무장 탐정사야."

몸이 작은 청년은 주운 권총을 나에게 겨누고 모든 총알을 발사했다. 탄창의 총알을 다 쏘자 격침(擊針)이 허공을 때렸다.

총알이 모두 내 앞의 지면에 부딪쳤다.

"정말로. 중요한 숫자인데 총을 쏠 리가 없잖아. 안 그래?"

마른 청년은 병적으로 보이는 엷은 웃음을 지으며 다가왔다.

"그 숫자는 대미지를 받을 때마다 줄어. 시간이 경과해도 줄지. 그리고 0(제로)이 되면——."

"네가…… 운전사와 아라무타를 죽인 이능력자인가."

"우후후, 우후, 아하하하하, 그거 알아, 탐정이야, 탐정이라는 거지? 아하하하."

청년을 바라보았다. 금발에 여윈 몸. 닳아 버린 파카. 도무지 전투에 적합한 사람으로는 보이지 않는다.

하지만 나는 확신했다.

——이 이능력자가 적의 보스다.

○　　○　　○

다자이는 통신기 단말을 조작했다.

"구식에도 정도가 있는 법이야, 이 통신기! 이쪽이 주파수고 이쪽이 방향——."

다자이의 등 뒤에서 그림자가 움직였다.

"안 되겠어. 마지막 지시를 인식하지 못해—— 이건 제어 열쇠가 없으면 명령을 변경할 수 없는 건가?!"

등 뒤에서 날아온 거대한 주먹이 다자이의 관자놀이에 적중.

다자이는 인형처럼 날아가 하강 회전을 하면서 바닥에 미끄러졌다. 그러다 책상에 충돌해 둔탁한 소리를 내며 정지했다.

"……아프잖나."

다자이가 일어나 웃었다. 처절한 웃음. 다자이의 뺨에 선혈이 흘렀다.

거한이 무표정하게 걸으며 다자이에게 다가갔다. 양손의 주먹에 망치 같은 대형 카이저너클을 끼웠다.

거한이 다시 팔을 쳐들고 주먹으로 일격. 다자이는 책상을 차며 회피. 강철 주먹에 맞은 목제 책상이 한방에 산산조각 났다.

"정말 엄청난 완력이야! 운반 업자로 직업을 바꾸는 게 어떤가!"

바닥을 미끄러지듯이 이동한 다자이는 거한에게서 거리를 벌린 뒤 대치했다.

"이런, 나는 약한 사람이야. 자네 같은 대장부와 주먹으로 치고받았다간 지점토 세공품처럼 깨져 버리고 말겠지. …… 근데 살려 주겠다고 치세랑 약속을 해 버렸거든."

"통신기는…… 쓰지 못하게 하겠다."

거한이 통신기로 가는 길로 가지 못하도록 가로막았다.

"그래? 그럼 포기하고 도망쳐야지."

다자이는 갑자기 몸을 돌리더니 출구를 향해 질주했다.

"기다려라!"

목제 문을 빠져나가 다자이가 도망쳤다. 거한이 그 뒤를 쫓았다.

다자이는 도망치면서 목제 문을 닫았다. 거한이 문을 열려고 손을 뻗은 순간.

다자이가 문의 저편에서 문과 함께 거한을 발로 차 버리기 위해 드롭킥을 날렸다!

다자이가 도약한 무게를 지탱하지 못한 것은 물론, 문에 가려져 있어 방어 동작도 취하지 못한 거한이 발차기를 정면으로 맞고 뒤쪽으로 날아갔다. 산산조각이 난 문의 나무 파편을 흩뿌리며 거한이 뒹굴었다.

"스트라이크!"

다자이가 착지. 더욱이 추가 타격을 주기 위해 거한에게 다가갔다.

거한은 전혀 대미지를 입지 않은 듯 재빨리 다자이의 무릎을 향해 낮은 발차기를 날렸다. 공격을 예측하고 있던 다자이가 뒤쪽으로 뛰어 회피.

"자네, 튼튼하군!"

거한이 등 근육을 이용해 튀어 올라 일어서더니, 오른쪽의 갈고리를 던졌다. 다자이는 상체를 젖히며 회피했지만 옷이 살짝 너클에 휩쓸려 몸에 중심을 잃은 채 거한에게 끌려갔다.

"아차———."

다자이의 복부에 주먹이 박혔다. 그 즉시 뒤쪽으로 뛰어 위력을 상쇄시키려 했지만, 거한의 거대한 팔이 똑바로 뻗어와 다자이의 몸은 저 멀리 날아가고 말았다!

책상을 산산조각 낼 정도의 주먹을 정면에서 맞은 다자이는 몸을 앞으로 꺾은 채 수평으로 날았다. 그리고 그곳의 반대편 벽에 세게 부딪쳤다.

충격으로 다자이의 입술에서 피가 섞인 위액이 새어 나왔다.

거한의 추격. 내리치는 곤봉 같은 강한 팔을 옆으로 굴러 피했다. 또 다른 추격의 주먹이 다자이의 뺨에 적중. 목이 찢어질 듯한 충격을 받으며 튕겨나갔다.

다자이가 몸을 떨면서 일어섰다.

"묵직한 데다 빠르기까지 하네……. 고릴라가 키워 주기라도 한 건가?"

농담을 하면서도 다자이는 긴장감으로 인해 눈을 가늘게 떴다.

——이길 수 없다.

힐끔 하고 창밖 아래쪽에 펼쳐진 격납고를 바라보았다.

그곳에는 적의 이능력자와 싸우는 구니키다가 보였다.

o o o o

　나는 이능력자 청년을 향해 돌진했다. 총을 잃은 이상 접근
전술로 제압할 수밖에 없다.
　청년이 후퇴를 했지만 나는 상관 않고 전진, 청년의 팔을
잡기 위해 손을 뻗었다.
　내 무술은 적의 공격 속도를 이용해 던지는 기술이 대부분
을 차지한다. 그 때문에 이번처럼 상대가 다가오지 않을 때
에는 먼저 상대를 잡을 필요가 있다.
　청년이 넘어질 듯이 몸을 빼며 피했다. 나는 청년을 잡기
위해 더욱 발을 내딛었지만, 청년이 팔을 위로 치켜드는 모
습을 보고 동작을 급정지.
　──충격파가 온다!
　지면을 옆으로 굴러 치켜든 팔의 직선 방향에서 벗어났다.
　벗어났지만, 벗어나지 못했다.
　내 몸이 뒤쪽으로 튕겨 멀리 날아갔다. 온몸의 뼈가 삐걱였
다. 몸의 급가속에 뇌가 따라가지 못해 의식이 끊길 것 같았다.
　확실히── 피했는데. 왜──.
　"내 힘은 말이야, 못 피해. 충격파를 날리는 게 아니거든.
'숫자'가 있는 사람을 원하는 방향으로 가속, 가속, 가속할
수 있는 거지. 그러니까──."
　"컥?!"
　등뼈가 삐걱거렸다. 청년의 팔이 아래로 내려오는 것에 맞

취 나는 지면에 내리꽂혔다. 마치 중력이 순간적으로 만 배나 강해진 듯했다.

"먹어라, 파리채 공격!"

청년이 팔을 위아래로 휘두를 때마다 나는 지면과 격돌했다. 잇달아서 아래쪽 방향으로 가속이 이루어졌기 때문이다. 연속으로 열차에 치이는 것이나 마찬가지다. 뼈가 덜걱거리고 피부가 찢어졌다.

온몸에 새겨진 각인은 이미 '21'까지 줄었다.

"그 숫자는 네 남은 수명이야! 그게 제로가 됐을 때, 고통스럽게 발버둥 치며 죽지! 아무도 그 운명에서 벗어날 수 없어! 아무도! 아무도! 아무도! 아무도!"

가속이 잦아들었다. 하지만 손가락 하나 움직일 수 없었다. 온몸의 근육이 너덜너덜하게 찢어진 것만 같았다. 호흡에 뜨거운 액체가 섞였다.

"이제 끝인가, 무장 탐정사에서 나온 형씨?"

청년이 무방비하게 다가왔지만 나는 땅에 엎드린 채 움직일 수 없었다. 숨 쉬기가 힘들었다. 온몸의 관절이 비명을 내질렀다.

"처음부터 이렇게 한 사람씩 죽여 가면 좋았을걸. 잘 알지도 못하는 신입을 흑막으로 내세워 내부에서부터 붕괴시킬 필요도 없이 말이야. 결국 그쪽은 간파당했으니까."

청년이 다가와 내 머리를 거칠게 찼다. 눈 뒤쪽에서 붉은 불꽃이 튀었다. 하지만 아무런 저항도 할 수 없었다.

"근데 긍정적인 생각은 참 중요한 것 같아. 여기서 형을 죽이고, 죽이고, 위에 있는 신입도 죽이고 죽이면, 비행기가 추락해서 탐정사는 체면을 잃을 거고, 덕분에 요코하마에서 일을 하기가 조금은 편해질 테니까. 편해지겠지?"

"일……이라고?"

"너희들 민간 이능력자 조직에 겁을 먹고 짐을 몰래몰래 옮기다니 정말 싫거든. 당당하게 장기를 사고 당당하게 무기를 팔면 엄청나게 벌어들이겠지."

장기에―― 무기.

이 녀석들, 장기 밀매 조직인가!

포트 마피아가 파는 쪽이라면, 이 녀석들은 사는 쪽이다. 장기, 화학 병기, 더 나아가서는 범죄자들. 뒷골목 사회에서 도는 모든 불법 상품을 취급하는 어둠의 종합 상사. 몇 개나 되는 밀수업자를 산하에 두고 해외의 범죄 조직과 우리나라를 연결한다.

"'창왕' 사건 때 배웠어. 무장 탐정사의 조사력은 얕볼 수가 없다는 거. 우리는 신중한 게 특징이지. 위험한 적은 처음부터 제압하고 시작해. 그게 장사의 기본 중의 기본."

내 몸의 숫자를 확인했다. '11'. 이게 '00'이 되면 운전사나 아라무타처럼 사인을 알 수 없는 시체가 되어 버린다.

"외국의 무장 상인에게…… 꽤 높은 평가를 받고 있나 보군."

"이 땅에는 포트 마피아, 외국인 거리의 항쟁, 무법 지대인 요코하마 치외법권 구역 등, 이곳저곳에 분쟁의 씨앗이 남아 있지. 정말 꿀 같은 시장이야."

무기상인 청년이 말한 대로 이 도시에서는 분쟁이 끊이지 않는다.

그들 무기 상인의 입장에서 보면 새로운 개척지에 상륙한 항해사가 된 기분이겠지. 장기, 또는 목숨 아까운 줄 모르는 깡패들을 사서 해외 조직에 팔아넘기고, 한편으로는 해외에서 오는 군의 넘쳐나는 무기와 역전의 용병들을 일본 내에 반입해 부를 쌓는다.

법도 도덕도 통용되지 않는 어둠의 세계에 새로운 죽음의 상인이 해외에서 흘러들었다는 이야기다.

하지만.

"네놈들이…… 무기를 뿌리고 다니게 놔둘 수는 없지. 변두리의 작은 싸움이라도 칼이 있으면 큰 부상으로 이어지고, 총이 있으면 사람이 죽는다. 그게……."

"앗, 무슨 짓이야?"

청년이 팔을 들자 내 몸이 위쪽으로 튀어 올랐다. 폐에서 공기가 빠져나가면서 가슴에 숨겨둔 수첩이 날아갔다.

이런——!

"이야기로 시간을 벌면서 수첩에 글자를 쓰려고 했지? 근데 소용없어, 소용없다고! 네 이능력이 뭔지 다 알아. 수첩은 내가 가져갈게."

청년이 내 수첩을 들고 하늘하늘 흔들었다.

내 이능력의 약점은 두 가지다. 글자를 쓰고 페이지를 찢는

데 시간이 걸린다는 점. 그리고── 수첩을 빼앗기면 이능력을 사용할 수 없다는 점이다.

이걸로 내 이능력은 사용할 수 없게 되었다.

허리 뒤에는 저번 싸움에서 사용했던 철선총을 소지하고 있다. 하지만 이건 적을 죽일 수 있을 만큼의 위력이 없다.

하지만 포기할 수는 없었다. 그것만큼은 할 수 없었다.

그건 비행기에 타고 있는 승객의 목숨을 포기할 수 없기 때문이라거나 탐정사라는 직장을 지키고 싶기 때문이 아니었다.

그렇게 해야 한다고, 내가 정한 일이기 때문이다.

온몸에 격렬한 통증이 밀려 왔지만 무시하고 몸을 일으켰다.

"어어……? 아직 눈이 안 죽었네? 그럼 이거나 한 방 더 먹어라!"

또다시 충격. 뒤쪽으로 날아가 지면을 굴렀다.

"커헉……."

피를 토했다. 시야가 흐릿해졌다. 더 이상 자신이 어떤 자세인지도 확인할 수 없었다.

"이제 마무리다. 여기에 열쇠가 있어. 여객기의 조작을 못하도록 무선을 보내는 통신기의 해제 열쇠야. 이게 없으면 여객기는 구할 수 없지. ──갖고 싶어? 갖고 싶겠지?"

청년이 주머니에서 얇은 열쇠를 꺼냈다. 작고 무르며 탁한 노란색 열쇠.

나는 열쇠를 가만히 바라보았다.

"갖고 싶으면 이렇게 해 줘야지."

청년이 힘을 주어 비틀자 열쇠는 소리를 내며 가운데가 부러졌다.

"아니——?!"

"아하하하, 하하하! 이제 희망은 사라졌어. 아무도 추락을 막을 수 없다고! 이제 끝이야, 끝이야!! 아하하하하하!!"

청년이 조소했다. 진흙이 들끓는 듯한, 세계가 끝나는 듯한 조소.

"자아, 이제 마무리다. 너를 죽이겠어. 죽이고 우리는 승리의 함성을 지르는 거야!"

청년이 손을 들었다.

피부의 숫자는 '04'를 가리키고 있었다.

무심코 3층 통신실을 바라보았다.

그곳에는 다자이가 있었다. 얻어맞아 상처투성이가 된——.

다자이가——.

○　　○　　○

창문 아래에는 구니키다가 있었다.

온몸에 공격을 받아 만신창이가 된 구니키다.

거한의 잇따른 공격. 목이 빠져나가는 듯한 엄청난 충격이 다자이를 엄습했고, 그 충격으로 다자이는 창문에 세게 부딪쳤다.

흩날리는 파편.

다자이는 구니키다를 바라보았다.

시선이 교차했다.

그리고 외쳤다.

○　　○　　○

"구니키다!"

"다자이!"

○　　○　　○

그것만으로도 모든 것을 깨달았다.

나는 허리의 철선총을 재빨리 겨누고 다차이를 향해 발사했다.

철선총의 귀바늘은 정확하게 다자이의 옆쪽 벽에 꽂혔다.

철선을 되감았다. 내 몸이 공중에 떴다.

○　　○　　○

다자이는 뛰었다.

창문 밖으로, 1층 격납고로.

창틀을 차고 도약해 공중으로 몸을 날렸다.

공중으로 몸을 날린 다자이가 구니키다를 바라보았다.

구니키다의 시선도 다자이를 향해 있었다. 구니키다는 철선에 끌려가듯이 지상을 질주했다.

서로의 시선이 교차하며 무언가 대화를 나누었다가 다시 멀어졌다.

o o o

나는 철선총을 되감아 그 장력에 이끌리듯이 질주했다.

다자이는 이미 통신실 밖 공중으로 몸을 날렸다.

통신실의 창문 바로 아래에 도착했다. 나는 위쪽을 향해 있던 철선의 힘에 계속 이끌리면서——.

——벽을 수직으로 뛰어 올라갔다.

"우오오오오오오오오오오오오오오오오!"

벽을 차고 위쪽으로 가속했다. 창문에는 금방 도착했다. 창틀을 밟고 실내 안으로 뛰어들었다.

시선을 올려보니 눈앞에는 갈색 피부의 거한이 있었다. 그 양손에는 너클이 끼워져 있었다.

사람의 몸 정도는 쉽게 쳐부술 수 있을 듯한 주먹이 바로 내 머리를 향해 날아왔다.

거한은 공중에 떠올라 날아갔다.

빠르게 날아가 그대로 벽에 격돌하는 거한. 그 표정에는 경악과 당혹감이 섞여 있었다.

무슨 일이 일어났는지 이해를 하지 못한 것이다. 기세를 역이용당해 내던져졌다는 사실을.

거한은 바로 일어서 두 번째 철권을 날렸다.

"몇 번을 오든 마찬가지다."

나는 적의 기세와 흐름에 맞춰 몸을 움직이며 상대의 손목을 잡았다. 몸을 대각선으로 빼면서 거한의 팔꿈치를 가볍게 떠받쳤다.

그대로 체중을 뒤쪽으로 빼내자, 거한의 몸은 아래쪽에서 거대한 벽이 솟아오른 것처럼 공중으로 날아 천장에 격돌했다.

충격에 거한의 눈이 흰자위를 드러냈다.

O   O   O

"아니…… 네놈, 은?"

"미안하네. 네 상대는 나야."

1층 격납고에 내려온 다자이는 가벼운 발걸음으로 청년에게 다가갔다.

"어째서! 숫자가…… 안 생기는 거지?! '가속'도 안 돼! 왜왜왜왜왜왜!!"

"조사가 부족하네. 나한테 이능력은 효과가 없어."

청년이 후퇴하면서 다자이를 향해 손을 들었지만, 다자이는 전혀 개의치 않고 가까이 다가갔다.

"게다가 방금 뭐야? 말도 안 나누고 그냥 눈빛만으로 서로의 적을 교환하다니…… 그것도 완전히 동시에! 어떻게 하면 그런 재주를 부릴 수 있지?"

웃으면서 청년에게 다가가는 다자이. 청년이 압도당했다는 듯이 후퇴했다.

"너, 너는 대체 누구냐! 네 정체는 완전히 말소되어 있었다! 대체 누구, 누구, 누구냐!"

"아, 자기소개가 아직이었나 보네."

다자이가 청년 바로 눈앞에 서서 그를 내려다보았다.

그리고 천천히 주먹을 쥐고 눈앞에 들어 올려 보여주었다.

다자이의 오른손 주먹이 청년의 얼굴에 정확하게 적중했다.

충격으로 몸이 반쯤 돌아간 청년은 그대로 흰자위를 드러내며 졸도했다.

"내 이름은 다자이. 탐정사 사원이다."

❂　❂　❂

짐승처럼 달려오는 거한을 세차게 내던졌다.

상대의 힘이 강하면 강할수록 내 던지기 기술의 위력은 더욱 강해진다.

몇 번째인가의 던지기 기술에 걸린 거한이 창문을 깨며 밖으로 날아가 1층에 떨어졌다.

창문에서 아래를 내려다보니 거품을 물고 기절해 있었다. 당분간 일어나지 못하겠지.

피부를 보니 각인의 숫자가 사라지고 없었다. 다자이가 적의 이능력자를 쓰러뜨렸기 때문인 듯하다.

이거야 원.

마음을 놓고 통신기를 바라보았다. 이젠 이걸 조작하기만 하면 된다.

구식 단말기를 조작해 주파수와 방향을 찾았다. 꽤 오래된 기계지만 간신히 조작할 수 있을 듯했다.

"구니키다!"

아래층에서 적을 쓰러뜨린 다자이가 계단을 뛰어 올라왔다.

"그 통신기를 조작하려면 해제 열쇠가 필요해! 그런데 저 녀석이 쓰러지기 전에 이거 봐, 부러뜨린 모양이야!"

다자이가 당황한 표정으로 부러진 열쇠를 보여 주었다.

"알고 있다."

"이래선 통신기를 못 쓰잖아! 항공기가──."

"나는 항상 문제를 안고 살지. 예측하지 못한 사태야말로 나의 일상이다. 때문에 이렇게──."

나는 허리 주머니의 꿰매 붙인 곳을 찢어 그 안에서 종이를 꺼냈다.

"긴급용 수첩 페이지를 항상 가지고 다닌다."

종이를 열어 자신의 피로 글자를 써 넣었다.

"'돗포 시인'——해제 열쇠!"

종이가 노란 해제 열쇠로 변했다.

"그리고 내 이능력은 한 번 확실하게 본 물체라면 똑같은 형태로 재현할 수 있다."

"그…… 그래?" 여간내기가 아닌 다자이도 눈을 동그랗게 떴다.

"그래. 놀랐나? 놀랐지? 약속대로 한잔 사라."

통신기의 조작판을 조작해 조건을 맞춘 뒤, 해제 열쇠를 꽂아 돌렸다. 조작판에 녹색 빛이 들어왔다.

나는 무효화 버튼을 강하게 눌렀다.

"이걸로 항공기의 조종은 회복되었을 거다! 다자이, 기장에게 연락해라!"

"벌써 하고 있어!"

우리는 밖으로 달려 나갔다. 하지만 동시에 어디에선가 대기를 진동시키는 땅울림 같은 저음이 들려왔다.

이 소리는——.

밖으로 달려가는 동안, 저음은 더더욱 커져 청력을 잃게 만들 듯한 굉음으로 변했다.

"기장! 들리나?! 이쪽에서 방해 장치를 멈추게 했다! 이제 조종할 수 있을 거다. 얼른 기수를 올려 고도를 회복하라!"

"이미 하고 있다! 하지만 이미 고도가 너무 낮아졌어! 젠장, 늦은 건가?!"

조금 전부터 들리던 굉음은 바로 근처를 날고 있는 여객기의 제트엔진음이었다!

다자이와 둘이서 건물 밖으로 달려 나갔다.

대지에 그림자가 졌다. 대기가 엄청난 비명을 질렀다. 우리는 하늘을 올려다보았다.

하늘 아래, 우리의 바로 눈앞에, 거대한 여객기가 다가와 있었다! 여객기는 우리를 추월해 앞쪽의 땅으로 빨려들어 갔다. 시내 쪽으로. 지상으로.

떨어지지 마라. 떨어져서는 안 된다.

떨어지지 마라. 날아라, 하늘로. 날아라!

"날아라아아아아아아아아아아아아아아아아아아아아아아아아!!"

울부짖듯이 외쳤다.

여객기의 그림자가 지표를 스치더니 기수를 올렸다.

그리고 땅에 엄청난 바람을 일으키며 고도를 회복하더니, 앞쪽에 있는 석양으로 날아갔다.

──날았다.

늦지 않았다.

붉고 농밀한 석양으로 흰 여객기가 빨려들어 가, 이윽고 빛 가운데로 사라지는 모습을.

나와 다자이는 언제까지나 계속 바라보았다.

4.

13일.

오랜만에 집에 돌아와 이 글을 쓴다.

생명을 유지하는 길, 하루를 하루로서 만족하는 데 있다.

나와 동료의 노력으로 죽을 뻔한 사람을 구했으나 죽은 사람은 돌아오지 못한다.

사실(事實). 문제는 사실로부터 생겨난다. 사실에서 멀어지면 인간계에 어떤 문제가 생겨날까. 사람을 움직이게 하는 것은 사실이다. 그렇다면 살아간다는 것, 죽는다는 것, 이것도 어떤 사실에 의한 것이겠지. 하지만 우리는 그 사실을 모른다.

우리는 실로 그러한 사실을 볼 수 없다.

연속 협박 사건은 이렇게 종결되었다.

나와 탐정사는 후처리를 하는 데 쫓겼다. 시 경찰과 군경의 경위 조사, 손해 보험 보고서, 보도 기관에 대한 대응. 조사원이지만 해야 할 사무 작업도 산더미 같다. 워낙에 바빠 감상에 젖어 있을 여유도 거의 없었다.

사무 작업이 있다는 사실을 눈치챘는지 다자이는 '조사할 게 있어'라고 변명을 하고는 금세 잡무를 내팽개치고 모습을 감췄다. 발견하면 엄하게 추궁해 줄 생각이다.

이번 사건 때는 많은 시민이 땅에 닿을 듯 말 듯 가까이에서 날고 있던 대형 여객기를 목격했다. 보도로는 외국의 비합법 조직이 주범이라고 보도되었고, 주모자의 발견과 체포에 탐정사가 활약했다는 사실도 같이 보도되었다.

미증유의 엄청난 사고를 사전에 방지한 탐정사의 공적이 칭찬을 받는 한편, 탐정사 주변에서 발생한 일련의 흉악 사건에 대해 탐정사의 책임을 묻는 목소리도 높았다. 특히 유괴 피해자가 가스에 의해 살해당한 일에 관한 비판은 상당히 오래 이어질 듯하다.

평소와 마찬가지로 방대한 잡무 신고 비슷한 일을 하고 있던 어느 날, 사장님이 나를 불렀다.

"실례합니다."라고 인사를 한 뒤, 사장실 안으로 들어갔다.

"업무는 어떤가." 사장님이 책상 위의 서류를 보면서 물었다.

"여전히 매우 바쁩니다. 게다가 다자이 녀석이 도망갔습니다. 그 남자, 사무 작업이 싫다며 사무원에게 서류 관련 작업을 모두 내맡긴 것도 모자라, 군경 조사부의 조사도 받지 않고 있습니다. 녀석은 한 번 부글부글 끓는 가마에 푹 담가 줄 필요가 있을 듯합니다. 죽으면 기뻐할 테니 죽지 않을 정도로 말입니다."

"관헌의 눈에 띄지 않는 곳에서, 들키지 않게 해라."

사장님은 서류를 정리하더니 봉투에 넣으면서 이쪽을 바라보았다.

"이번엔 아주 잘했다. 군경의 장관이 직접 포상을 내렸다. '그대들은 민간 탐정업의 귀감이 된다'——라고 한다. 나도 어깨의 짐을 좀 덜었군. 한때는—— 탐정사의 간판을 내릴까도 생각했다."

그건.

내가 먼저 뭐라고 말하기 전에 사장님이 말을 이었다.

"사람의 생명보다 귀중한 간판은 존재하지 않는다. 탐정사의 존속이 사람의 생명을 위험하게 한다면——이라고도 생각했다. 하지만 해결됐다. 구니키다, 네 덕분이다."

그렇게 말한 뒤, 사장님은 미간을 손가락으로 주물렀다.

다른 사람에게는 업무의 피로를 내색하지 않는 사장님이지만—— 조금 지쳤을지도 모른다.

"그리고 구니키다. 숙제의 대답은 나왔나?"

숙제.

—— '입사 시험'.

사장님에게 의뢰를 받은 다자이의 입사 여부 판단.

"다자이라면 이미 결론이 나왔습니다. 그 남자는 최악입니다. 선배의 명령은 무시하지, 직무 중에 훌쩍 사라지지. 게다가 취미가 자살이고, 호색한에, 힘쓰는 일은 싫어하고 사무 작업을 할 때는 게으름을 피우지요. 사회 부적응자의 선두주자 같은 남자입니다. 다른 직장에 취직하면 3일도 못 가 쫓겨날 겁니다."

나는 잠시 말을 끊고 미리 정해 둔 말을 했다.

"──하지만 탐정이라면, 다자이는 최고의 인재입니다. 몇 년 안 되어, 녀석은 탐정사 굴지의 조사원이 될 겁니다. 녀석은── 합격입니다."

"그렇군. 네가 그렇게까지 단언한다면 틀림없겠지."

사장님은 입사 서류에 서명하고 도장을 찍었다. 다자이 오사무── 탐정사 입사를 인정한다.

"그런데 사장님. 혹시 괜찮다면 오후에 휴가를 신청하고 싶습니다."

"상관없다. 무슨 일이 있나?"

"조금── 볼일이 있습니다."

o　　o　　o

덤불이 무성한 작은 길을 빠져나가자, 연안이 내려다보이는 작은 묘지가 나왔다.

드문드문 경사면에 늘어선 작은 무덤이 바다의 반사광을 받아 희게 빛났다. 나는 그 무덤 사이를 걷다가 한 무덤, 새로 만들어진 작은 무덤 앞에 멈춰 섰다.

꽃을 헌화하고 손을 맞댔다.

"희생된 분들을 찾아오신 건가요, 구니키다 님?"

맑은 목소리에 눈을 떠 보니, 옆에 흰 기모노를 입은 사사키 여사가 있었다. 오른손에는 흰 국화 꽃다발.

여사는 내 옆에서 꽃을 헌화하더니, 살짝 눈을 감았다.

"기모노가 아주 잘 어울립니다."

"상복이 가장 좋았겠지만 공교롭게도 이것밖에 없어서요. ⋯⋯구니키다 님은 항상 일을 하다 돌아가시는 분이 생기면, 이렇게 무덤 앞에 헌화를 하시나요?"

나와 사사키 여사가 찾아온 곳은 유괴되었다가 폐병원의 지하에서 죽은 피해자의 무덤이었다.

"네. ──딱히 이유는 없습니다. 그렇게 해야 한다고 생각했기 때문에 찾아온 것뿐입니다."

사사키 여사는 부정도 긍정도 하지 않고 그저 나를 바라보고 미소를 지을 뿐이었다.

바닷바람이 길 옆의 나무들을 파삭파삭하고 흔들었다.

나는 혼잣말처럼 말을 계속 이었다.

"⋯⋯처음으로 일을 하다 사망자가 나왔을 때는 제대로 설 수 없을 만큼 울어서 무단결근을 했었습니다. 다시 일을 못할 거라 생각했죠. 하지만 요즘엔 눈물 한 방울 나오지 않습니다. 그래서 눈물 대신에 이렇게 무덤을 찾아야 한다고, 그렇게 생각했을 뿐입니다. 이렇게라도 하지 않으면 피해자는 성불하지 못할 겁니다."

"눈물을 흘리면…… 돌아가신 분들이 성불을 하시나요?"

"모르겠습니다. 아마 성불하지도 구원받지도 못하겠지요. 눈물을 흘리든 무덤 앞에서 기도를 하든, 죽은 사람에게는 전해지지 않습니다. 그 사람들의 시간은 이제 멈춰 버렸으니까요. 우리가 할 수 있는 것이라곤 그저 애도하는 것뿐입니다. 그리고 사람이 죽고 생존자가 그것을 애도해야 정상적인 세계라고, 그렇게 믿고 있습니다."

"……구니키다 님은 잔혹하시네요."

그 말을 듣고 사사키 여사를 돌아보았다.

깜짝 놀랐다.

어느새인가 사사키 여사는 눈물을 글썽였다.

"지난번에…… 저는 한 가지 거짓말을 했어요. 헤어진 연인과는…… 사별을 했죠. 이상에 불타는 사람이었어요. 저는 그 사람의 힘이 되려고 최선을 다했지만…… 저에게 한 번도 사랑을 속삭여 주지 않은 채 혼자 죽고 말았어요."

이럴 때, 이해심 깊은 사람이라면 무언가 위로가 될 만한 한마디를 해 주었겠지.

"그렇군요."

하지만 나는 이렇게 얼빠진 대답을 하는 게 고작이었다.

"죽은 사람은 비겁해요. 구니키다 님이 말씀하신 대로네요.

죽은 사람의 시간은 이제 멈춰 있어서, 지금부터 무슨 일을 해도 그 사람은 기뻐하지도 웃지도 않겠지요. 이제── 지쳤네요."

사사키 여자의 뺨에 한 줄기, 눈이 억누르지 못한 굵은 눈물방울이 흘러내렸다.

만약 이 세계의 모든 것을 알고 있는 선인이 완벽한 한마디를 해 준다면, 이 눈물을 멈추게 할 수 있을까.

모르겠다. 나는 이상을 추구하며 수첩에 그것을 기록했고, 그 이상을 실현하기 위해서라면 어떤 일이 일어나도 참아왔다. 지금도 완벽한 말, 세계의 모든 사람을 구할 수 있는 완벽한 구제는 없을까 생각하는 중이다.

하지만 그러한 노력도 한 여성의 눈물 앞에서는 너무나도 무력하다.

"실례했습니다. 이런 모습을 보이다니…… 전, 이제 그만 물러가 보겠습니다."

"괜찮으신가요?"

스스로 생각해도 참으로 얼빠진 질문이었다.

"네. 실은 군경 쪽으로부터 이번 사건의 분석관 외부 고문으로 임명을 받았어요. 저는 그쪽 전문이고, 또 이번 사건은 너무 복잡하기도 하니…… 지금부터 담당 관리이신 분과 회의를 하러 가야 해요."

군경의 외부 고문이라면, 상당히 뛰어난 인재가 아니고서는 될 수 없을 터다. 사건 해결에 도움을 준 협력자였다는 사실을 빼놓더라도, 원래부터 그쪽 세계에서는 상당한 실적을 자랑하는 사람이었겠지.

"그럼 일을 하다 곤란한 문제가 생기면 저도 사사키 씨께 부탁을 드리겠습니다."

"네, 언제든 연락주세요."

사사키 여사가 겨우 미소를 지었다.

수평선에서 불어오는 바닷바람이 산의 능선을 쓰다듬고 빠져나갔다.

목례를 하고 사사키 여사가 떠났다. 그 모습을 바라본 뒤, 나는 요코하마의 풍경을 아무 생각 없이 가만히 바라보았다.

문득 휴대전화가 울려 정신을 차렸다. 다자이에게서 온 전화였다.

"구니키다. 조금 와 줬으면 하는데."

다자이의 목소리는 웬일로 어두웠다.

○　○　○

"왜 이런 데로 오라고 한 거지?"

다자이가 나를 오라고 한 곳은 제1 사건이 있었던 그 폐병원이었다.

밤에 보면 무시무시하고 불길한 폐병원도 태양이 떠 있는 곳에서는 그저 빛바랜 건물에 불과하다. 원래 병실이었던 것으로 보이는 한 실내에, 깨진 창문으로 비스듬히 햇빛이 들어와 바닥에 흰 웅덩이를 만들었다.

"이 총, 안전장치를 어떻게 해제하는 거지?"

보니 다자이가 웬일로 권총을 들고 있었다. 더블컬럼 매거진의 소형 총으로 회사용 비품이었다. 탐정사 사원이라면 언제든지 가지고 나올 수 있는 것이다.

"그런 걸 묻기 위해 부른 건가?" 나는 어처구니가 없어 하면서 검은 권총의 안전장치를 풀어 주었다.

다자이는 몇 번인가 총구를 허공에 대고 겨누더니 말했다.

"나는 그 무기 상인들이 도무지 '창색 사도' 같지가 않아."

──뭐?

"그렇잖아? 그들은 이렇게 큰 사건을 일으키지 못해. 동기도 없어."

"동기라면 내가 들었다── 요코하마에 진출하는 데 방해가 되는 탐정사를 짓밟으려고 사건을 계획했다. 이런 이유가 아니란 건가?"

"그래. 본인들도 그렇게 생각을 했겠지만, 그게 정말로 반드시 해야 할 일이었을까?"

"……무슨 의미지?"

"그들은 '창왕' 사건도 있어 탐정사를 매우 위험하게 생각했지. 하지만 그들을 방해하는 무장 조직은 무장 탐장사만 있는 게 아니잖아? 군경, 연안 경비대, 이능력자라면 내무성의 이능력 특무과도 경계해야 해. 이렇게 큰 규모의 협박을 해 놓고, 상대가 무장 탐정사 하나라는 건 비용 대비 효과를 생각했을 때 너무 효율이 나쁜 게 아닐까?"

"결론부터 말해라."

"그들은 누군가에 의해 비틀린 상황인식을 주입받은 거야.
──즉, 탐정사야말로 가장 거대하며 최악의 적이라고 과대
평가를 내린 정보를 그들에게 주입한 녀석이 있다는 거지."

설마.

그게 진짜 '창색 사도'── 이 사건의 흑막이라는 말인가?

"이봐, 다자이. 말해 봐라. 너는 '그 인물'이 누구인지 짐
작이 가는 데가 있는 건가?"

"응."

"그게 누구지?!"

나는 무심코 다자이의 목덜미를 움켜쥐었다.

다자이는 전혀 변하지 않은 표정으로 똑바로 나를 바라보
며 말했다.

"그 인물에게 이곳으로 오도록 전자메일을 보냈어. 진짜 범
인이라는 증거를 가지고 있다고 하면서. 이제 곧 나타나겠지."

뭐라고?

실내를 돌아보았다.

원래는 병실이었을 아주 일반적인 방── 눈앞에는 입구가
하나, 등 뒤에는 창문. 우리 앞에는 썩어서 뼈대만 남은 개호
침대가 두 개. 옆 공간에는 약품 선반이 하나. 그 외에는 아
무것도 없다. 바닥에도 모래나 먼지가 거의 없어, 그냥 텅 빈
공간일 뿐이었다. ──여기에 진짜 범인이 온다고?

"발소리다." 갑자기 다자이가 말했다.

나는 반사적으로 입구를 확인했다.

들린다. 바닥을 밟는 소리다. 천천히 다가오고 있다.

다자이가 총을 꽉 쥐고 있는 모습이 보였다. 그래서 총을 가져온 건가.

내 총은 이미 사장실에 반환해 두었다. 지금 수첩에 글을 적어 권총을 만들까── 아니, 이미 늦었다.

나도 모르게 뺨을 타고 땀이 흘렀다.

소리가 가까이 다가왔다. 이제 곧 나타난다.

다리가 나타났고, 몸이 보였다. 그 인물의 모습이, 얼굴이, 명백하게──.

"이런 데서 뭐 하는 거야, 안경."

입구로 들어온 인물. 그 사람은.

"왜…… 네가 여기에 온 거지?"

"그건 내가 할 말이야. 사건의 진상을 구경하러 왔어?"

나타난 사람은 해커인 로쿠조 소년이었다.

──네가 범인?

네가 '창색 사도'라고?

머리가 자동적으로 활발해졌다. 로쿠조 소년이라면 다자이의 컴퓨터를 원격 조작하여 전자메일을 발신할 수 있다. 아니, 그 이전에 다자이가 '창색 사도'가 아닌가 하는 의혹은 로쿠조 소년의 정보 제공으로부터 시작되었다.

불법 해커라면 해외의 불법 조직과 연락을 취해 편향된 정보를 제공하는 것도 불가능하지 않다.

그리고 무엇보다── 로쿠조 소년에게는 동기가 있다.

탐정사를 증오할 만한 동기가.

나를 증오할 만한 동기가.

"왜지, 로쿠조? 나 때문인가? 그런 건가? 내 탓에 네 아버지가 돌아가셔서── 그 일을 너는, 그렇게나, 원망하는 건가?"

"아버지? 아버지를 죽인 녀석은 미워. 당연하지. 하지만 안경──."

그때 갑자기, 다자이가 중간에 끼어들었다.

"그렇군. 그런 거였어. 로쿠조, 너는── 내 전자메일을 엿본 거지?

뭐?

다자이, 너는── 진짜 범인에게 전자메일을 보낸 게 아니었나?

그때.

총성.

로쿠조 소년의 가슴에 커다란 구멍이 뚫렸다.

선혈이 낭자했다.

"──."

입을 열고 무슨 말을 하려던 모습 그대로, 로쿠조 소년은 앞으로 쓰러졌다.

총에 맞은 것이다.

반사적으로 다자이를 보았다.

하지만 다자이는 아직 총을 겨누지도 않고 있었다.

다자이도 표정이 얼어붙었다.

입구 쪽, 쓰러진 로쿠조 소년의 등 뒤에서 목소리가 들렸다.

"죄송합니다…… 구니키다 님."

입구에서 사람이 나타났다.

긴 검은 머리카락. 가는 목. 흰 기모노.

손에는 권총. 피어오르는 옅은 연기.

쓰러진 로쿠조 소년의 몸을 넘어 이쪽으로 다가왔다.

신기했다──.

그녀는── 아름다웠다.

"당신이 '창색 사도'였습니까?"

자신의 목소리가 다른 사람의 목소리처럼 실내에 울려 퍼졌다.

"네."

그녀의 목소리는 의연하게 울려 퍼져 내 고막을 흔들었다.

"사사키 씨. 당신이 모든 것을 계획한 사람이라는 걸……

인정하십니까?"

다자이가 물었다.

"다자이 님. 부탁이 있습니다. 총을…… 버려 주세요. 그렇지 않으면."

사사키 여사의 총구가 다자이를 향했다.

"버릴게요. 대신에 몇 가지 질문을 해도 괜찮을까요?"

"그러세요. 뭐든지 대답해 드리겠습니다."

"좋습니다. 그럼 총을 버리죠."

다자이는 곧장 권총을 바닥에 떨어뜨렸다. 권총은 바닥에 떨어져 메마른 소리를 냈다.

"사사키 씨. 당신은 왜, 탐정사를 노린 거죠?"

"다자이 님은── 이미 알고 계시리라 생각합니다만."

"네, 그럼요. 우리 앞에서는 일부러 숨기고 있지만 당신은 무서울 정도로 머리 회전이 빠릅니다. 그 나이에 범죄 심리학 분야에서 꽤나 이름이 알려진 연구자라는 것도 이해가 가죠."

다자이는 포기했다는 듯이 말을 계속 이어갔다.

"당신이 하고 싶었던 것은 두 가지. 범죄자를 단죄하는 것과 탐정사에 대한 복수. 그렇죠?"

범죄자를 단죄?

그 말은 마치──.

"이 방법밖에…… 떠오르지 않았어요."

"복수하는 데 의미가 있었나요?"

"다자이 님. 세상의 그 어떤 복수에도 의미 같은 건 없답니다. 단지…… 그럴 수밖에 없었죠. 잘못이라는 걸 스스로도 알고 있지만, 죽은 사람을 위해 그렇게 하지 않으면 미쳐 버릴 것만 같았어요."

복수?

탐정사는 쉽게 원한을 산다. 복수하고 싶어 하는 사람은 수 없이 많다.

"그렇겠죠. 의미가 없다는 것을 알면서도 하지 않으면 안 되는 게 복수죠. 그리고 불행하게도── 당신에게는 따로 복수해야 할 상대가 없었습니다."

──사별을 했죠.

──이상에 불타는 사람이었어요.

"당신 한 사람은 무력한 개인입니다. 하지만 당신은 그 두뇌와 범죄에 관한 지식이 있었죠. 그걸 살려서 실제로 몇 번이나 범죄자를 단죄했습니다. 그렇기 때문에 '창색 사도' 사건은 그런 당신에게 있어 필연적이라고 할 수 있는 계획이었겠죠."

다자이는 거기서 말을 끊고 나를 한 번 본 뒤 말했다.

"당신의 행동은 모두 죽은 연인── '창왕' 의 넋을 달래기 위한 싸움이었군요."

'창왕'.

범죄로 범죄자를 단죄한 희대의 테러리스트.

탐정사가 숨은 장소를 밝혀내── 죽었다.

"'창왕'에게 공범자가 있는 게 하는가 하는 추측은 이전부터 있었습니다. 범행이 너무나도 완벽했으니까요. 하지만 당국은 금전적으로 고용된 실행범은 있을 수 있어도 '창왕'의 사상을 공유하는 공범은 없다고 결론을 내렸죠. 왜냐하면 범죄자가 협력을 하는 이유는 대부분 정치적 사상을 공유하거나 금전적인 이득을 나누기 위해서인데, '창색기 테러리스트' 사건에는 해당하는 게 아무것도 없었으니까요. ──하지만 설마 '창왕'의 애인이 본인보다도 훨씬 우수한 책략가였다니, 아무도 상상도 하지 못했습니다."

"그 사람은…… 고결한 사람이었어요. 끊이지 않는 범죄에 가슴 아파했고, 학대받는 사람이 없는 이상적인 세계를 모색하며 고민했죠. 법리를 존중하는 것만으로는 모든 사람을 구할 수 없다는 걸 알았기 때문에, 그 사람은 법을 만드는 사람 ── 국가 관료에 뜻을 두었어요."

사사키 여사는 마음에 품은 생각을 토로하듯이 담담하게 계속 말했다.

"그렇지만 길은 험했죠. 체제의 악습, 동료의 참견, 상사의 부조리── 그 사람은 좌절하고 고민했고, 좌절을 극복하고서도 또 고민했어요. 그가 맨발로 가시밭길을 걷고 있다는 사실을, 옆에 있던 저도 알 수 있었죠. 어느 날, 그 사람은 무너졌어요. 이상에 절망하여, 배를 갈라 죽으려 했죠. 저는 참지 못하고── 말해서는 안 될 계획을 말해 주었죠."

범죄로 악을 심판.

이상을 실현하는 처참한 길.

"사사키 씨. '창왕'이 행한 일련의 범죄는 대부분 사랑하는 연인을 위해 당신이 꾸민 계획이 아니었나 하는데요."

"후회하지는 않습니다." 사사키 여사는 똑똑히 말했다. "그 사람의 이상은 저의 이상이니까요. 그 사람이 보답 받는다면 저는 아수라도 악마도 될 수 있답니다."

"하지만 그 '창왕'은 죽었습니다. 탐정사로 인해 궁지에 몰려 로쿠조 소년의 아버지와 함께 폭사했죠. 그때── 말렸으면 좋았을 텐데."

"아니요. 말릴 수 없었어요. 계획은 아직 진행 중이었거든요. 그 사람의 계획 중에 단죄해야만 하는 범죄자가 아직 남아 있었어요. 그리고…… 비웃으실지도 모르지만, 그 사람이 죽었다는 현실 앞에서, 저는 아무것도 하지 않고 가만히 있을 수가 없었죠."

"그래서 당신은 단죄해야 할 남은 범죄자들이 자발적으로 범죄를 일으키게 만들어, 탐정사가 그들을 재판하게 만드는 계획을 세웠죠. 평판을 떨어뜨리는 공격이라고 자극을 하면, 탐정사는 범인 체포를 위해 움직일 수밖에 없었을 테니까요."

증거가 남지 않는 유괴를 계속한 택시 운전사.

국내에서는 범죄자라는 자료조차 없었던 폭탄마 아라무타.

불법 장기 밀매를 하고, 몰래 무기를 수입하려고 했던 무기 상인.

모두 현행법 법규로는 재판을 받게 하기 매우 어려운, 얼굴

없는 범죄자들이다.

"이번 계획에서 가장 대단한 점은 당신 자신은 아무런 죄도 저지르지 않았다는 것입니다. 아마도 실제로 촬영 장치 설치, 유괴 감금 장소의 설치 및 운영, 폭탄마 아라무타와의 거래 등은 모두 무기 상인들이 했을 테고, 당신은 무엇 하나 협력하지 않았겠죠. 무기 상인들도 자신들의 의지로 계획을 세우고 행동했다고 끝까지 생각했을 겁니다. 그러니까 증거도 없죠. 그 무기 상인들은 정보원인 당신에게 얻은 것들이 설마 의도적으로 왜곡된 것이었다고는 생각하지 못했을 겁니다. 그러니 당국이 아무리 조사해도 '무기 상인들의 정보 수집 실수'라고밖에는 판단할 수 없었던 거죠."

유괴범을 궁지에 몰아넣었을 때에도 다자이를 추궁했을 때에도 항상 느꼈던 것이었다.

'이 범인은 스스로의 손을 더럽히지 않는다.'

법률상, 아무런 범죄도 저지르지 않은 범인은 아무도 재판할 수 없다.

──괜찮은 걸까?

──이렇게 이해할 수 없는 일이 그대로 통용되는 세계라니, 정말로 괜찮은 건가?

"그리고 당신은 계획을 설계한 자신의 냄새를 지우기 위해 스스로 폐병원에서 유괴범 피해자가 되어 탐정사에 접근한 거죠. 운전사는 당신만큼은 유괴하지 않았습니다. 앞뒤가 맞아서 우리도 깊이 추궁하지는 않았지만, 운전사는 '호텔로

가는 손님을 납치한다'는 당초의 계획을 지키지 않으면서까지 역에서 기절한 여성을 유괴할 이유가 없죠. 목격자가 많으니까요. 그리고 '그 역의 여성은 정말로 모른다'고 우리에게 변명을 하면, 다른 피해자는 알고 있다고 공언하는 셈이 되기 때문에, 부정을 하지 못했겠죠. 그렇게 당신은 모든 사람이 지니고 있는 심리의 틈을 이용해 멋지게 탐정사 내부로 파고들 수 있었습니다."

다자이의 미간에는 어느새인가 깊은 주름이 새겨져 있었다.

"사사키 씨. 이해할 수 없어요. 당신 정도의 두뇌라면, 범죄 심리학계에서 눈부신 성과를 거두거나, 중앙 범죄 수사 조직의 구조를 바꾸어 더 선진적인 범죄자 근절 조직을 창설할 수 있었을지도 모르는데. 그렇게 하면 이상대로는 아닐지 몰라도, 더욱 범죄가 없는 세계를 만들 수 있지 않았을까요? 그런데 왜."

"저는…… 야심이 없는 여자예요. 저는 그저…… 그 사람이 괴로워하는 얼굴을 보고 싶지 않았을 뿐이에요."

왜지?

내 뇌리에 단 하나의 질문이 계속 맴돌았다.

왜지?

대체 누가 잘못하고 있는 것이란 말인가.

이상에서 벗어난 사람이 과연 누구인가.

"사사키 씨. 당신의 범행도 이제 끝입니다. 당신이 아무리 스스로의 손을 더럽히지 않은, 보이지 않는 범죄자라 하더라도, 지금 로쿠조 소년을 쏴 죽인 죄는 숨길 수 없으니까요. 우리들은 목격자입니다. 당신은 현행법으로 재판 받을 겁니다."

"아니요, 재판 받지 않을 거예요."

사사키 여사는 다자이를 향해 총을 겨눴다.

이제 와서—— 그런 것으로 뭘 협박하겠다는 거지?

"목격자는 없으니까요. 당신들은 증언을 할 수 없어요. 왜냐하면 만약 여기서 있었던 일을 제삼자에게 밝히면 다시 탐정사에 대한 공격이 재개될 테니까요."

사사키 여사가 눈을 가늘게 떴다.

협박인가.

그런 것까지 계산해 이곳에——.

"그만하십시오!"

내 목에서 갈라지고 메마른 목소리가 새어 나왔다.

"그만두십시오. 이제 됐습니다. 탐정사에 대한 공격은 두 번 다시 하지 못하게 하겠습니다."

"구니키다 님, 움직이지 말아 주세요."

"그만! 왜입니까?! 어째서! 당신이 총을 겨눠야 할 상대는 우리가 아닐 텐데요!"

"그럼 구니키다 님, 가르쳐 주세요. 제가 총을 겨눠야 할 상대는 누구죠? 제가 증오해야 할 상대는 누구인가요?"

"그건——."

누군가가 있을 것이다.

이렇게 되게 만든 원흉이.

모두가 보답 받고 구원받을 수 있는 이상적인 세계가 있을

게 틀림없다. 그곳으로 가는 길을 방해하는 사악한 무언가가 있을 것이다.

무언가, 무언가, 분명히——.

내가 머뭇거리자 대답이 궁했다고 생각한 걸까.

사사키 여사는 눈썹을 모으더니 눈을 감았다.

"저는 지금까지처럼 그 사람—— '창왕'의 이상을 따르는 하나의 총구가 되겠습니다. 그걸 당신들 탐정사에게 방해 받을 수는 없어요. 그러니까, 이건——."

사사키 여사는 천천히 총구를 내렸다.

"이건 계약이에요. 당신들은 저에게 간섭하지 않고, 저는 탐정사를 공격하지 않는 거죠. 저는 이대로 여기를 떠나겠습니다. 그리고 또 다른 장소, 다른 조직을 사용해서 같은 사건을 일으킬 겁니다. 다음에도 그 다음에도. 당신들은 저를 절대 막아서는 안 됩니다."

"그걸로 괜찮은 거죠?"

다자이가 강한 눈빛으로 사사키 여사를 바라보았다.

"다자이 님. 다자이 님이라면 잘 알고 계실 거예요. 당신은 항상 앞을 읽고 감정에 휘둘리지 않으며 적절하다고 생각되는 행동을 선택해 오셨으니까요. 그렇다면 여기서 취해야 할 행동이 하나뿐이라는 사실을 잘 아시리라 생각합니다."

"그럼요. 저는 아무것도 안 합니다."

"그러면——."

사사키 여사가 나를 바라보며 아주 작게 미소 지었다.

사사키 여사는 앞으로도 계속 계획을 꾸미는 것일까.

다른 사람을 속이고, 범죄자를 조종하여, 사망자와 단죄의 산을 계속 높이 쌓아가려는 것일까. '창왕'의 망령이자 종──'창색 사도'로서.

──죽은 사람의 시간은 이제 멈춰 있어서, 지금부터 무슨 일을 해도 그 사람은 기뻐하지도 웃지도 않겠지요.

──이제 지쳤네요.

사사키 여사가 사람을 죽이게 해서는 안 된다.

이런 건 이상이 아니다.

이상적인 세계는 분명히 있다.

방해꾼은 누구지? 어떻게 하면 보이지? 어떻게 하면 이상에 도달할 수 있지?

"구니키다 님."

사사키 여사가 나에게 속삭였다.

"기만일지도 모르지만, 지하의 수조 탱크에서…… 망설임 없이 똑바로 저를 도와 주셨지요? 조금…… 기뻤어요. 이게 마지막이니 한 가지 전해 드리고 싶은 게 있답니다. 구니키다 님은."

총성.

총알 세 방이 사사키 여사의 가슴을 관통했다.

가슴의 구멍에서 피가 튀었다.

흰 기모노를 입은 사사키 여사는 하늘을 나는 꽃잎처럼 빙글빙글 돌았다.

실이 끊어진 인형처럼 그녀는━━.

"사사키 씨!!"

나는 달려갔다. 사사키 여사의 몸을 안아 올렸다.

가볍다. 살이 없는 인형 같다.

가슴의 상처에서 쏟아지는 선혈이 기모노를 진홍빛으로 물들여 갔다.

"꼴…… 좋다……."

고개를 들었다.

바닥에 쓰러진 로쿠조 소년이 검은 총을 겨누고 있었다.

"'창왕'이…… 네가, 아버지를…… 죽인 거야……."

피를 흘려 새파래진 얼굴로 로쿠조 소년이 처절하게 웃었다.

손에 든 권총에서는 연기가 피어났다.

"아버지의, 원수다……! 아버지는 정의의, 사도였어……! 꼴, 좋다……!"

로쿠조 소년의 손에서 권총이 떨어졌다.

로쿠조 소년은 자신이 흘린 피 웅덩이에 얼굴을 떨어뜨리더니, 작게 한 번 경련을 일으킨 뒤━━ 전혀 움직이지 않았다.

"구, 니키다, 님……."

내 품 안에서 사사키 여사가 속삭였다.

입에서는 한 줄기 피가 조용히 흘렀다.

"당신은…… 어딘가 그 사람과…… 닮았어요……."

다갈색 눈동자가 빛을 반사해 흔들렸다.

"부디…… 이상이, 자신을 좀먹게, 내버려 두지 마세요…… 저, 는…………… 좋……………."

…………………………………………………….

죽었다.

"구니키다. 사사키 씨는 너무 사람을 많이 죽였어. 이렇게 될 수밖에 없었던 거야."

다자이의 그 말에 나는 머리에 피가 몰려 발끈했다.

"다자이!!!"

다자이의 멱살을 잡아 올렸다.

다자이는 표정하나 변하지 않은 채, 그저 격앙하는 나를 바라보기만 했다.

"구니키다. 자네가 생각하는 듯한 그런 이상적인 세계는 없어. 그만 포기해."

"닥쳐라, 다자이! 상대는 기껏해야 권총 하나 제대로 못 다루는 여자 한 명이었단 말이다! 왜 죽인 거지?! 죽이지 않아도 네가 시간을 들여 제대로 대책을 세우면 더 이상의 희생은 피할 수 있었을 텐데!! 그런데!"

"죽인 사람은 내가 아니야. 로쿠조 소년이지."

"내가 모를 줄 알았나?!"

나는 로쿠조 소년 옆에 떨어진 검은 권총을 가리켰다.

"저건 네 권총이지 않나! 내가 이야기를 하고 있는 사이에 네가 몰래 발로 권총을 차서 로쿠조 소년에게 전해 줬다는 걸 모를 줄 알았나 보지?! 그렇게 하면 로쿠조 소년이 사사키 씨를 죽일 거라는 걸 알고서!"

다자이의 위치를 생각해 보면, 침대 아래를 통해서 사사키 여사가 눈치채지 못하게 권총을 차서 주는 게 가능했다.

"나는 죽이지 않았어."

"죽인 거나 다름없다!"

"안타깝지만, 내가 죽이려 했다는 사실은 증명할 수 없어. 권총을 쥔 것도, 방아쇠를 당긴 것도, 살의를 겉으로 드러낸 것도 모두 로쿠조 소년이다. 나는 그저 권총에 발이 걸렸을 뿐이야."

손을 더럽히지 않는 살인──.

다자이가 한 짓은 사사키 여사가 한 짓과 같은 것이었다.

제3자의 손으로, 제3자의 살의를 이용해 사람을 죽인다.

현행법으로는 그 살의를 증명할 수 없다. 재판할 수도 없다.

"구니키다. 이게 사사키 씨에게 있어 유일한 구원이야. 이게 가장 최선인 거지."

"아니야!" 나는 외쳤다. "이런 게 이상일 리가 없다! 분명히 방법이 있었을 거야. 진짜 문제가 무언가 있었을 거라고! 왜냐하면."

만약 사사키 여사가 정말로 세계를 증오했다면.

우리를 정말로 없앨 생각이었다면.

그때—— 폐병원에서 우리가 독가스를 흡입하려고 했을 때. 근처에 있었던 사사키 여사가 급히 말리지 않았다면, 나는 가스를 들이마시고 죽었을 것이다. 죽일 생각이었다면 그때 쉽게 나를 죽일 수 있었다. 복수할 수 있었다. 단순한 실수였던 것처럼 꾸며서. 아무런 책임도 지지 않고.

하지만 사사키 여사는 내 목숨을 구해 주었다. 왜일까?

그것은—— 본능에서 우러나온 반사적인 행동이었기 때문이 아니었을까?

나는 목에서 쥐어 짜내듯이 다자이에게 말을 내뱉었다.

"왜냐하면 사사키 여사는 사실 이런 사건을 일으키고 싶어 하지 않았기 때문이다! 그녀는 범죄자가 단죄되는 세계 따위는 눈곱만큼도 원하지 않았어! 그녀는 단지!"

——저는 그저…… 그 사람이 괴로워하는 얼굴을 보고 싶지 않았을 뿐이에요.

——안 돼요! 그 자물쇠에 손대면 안 돼요!

"대답해라, 다자이! 사사키 씨가 총에 맞아 죽는 게 바른 일이냐?! 이런 게 내가 원하는…… 이상적인 세계냐 말이다……!"

다자이는 나를 바라보면서 조용히 입을 열었다.

"구니키다. 어딘가에 올바르고 이상적인 세계가 존재한다

―― 그렇게 생각하는 사람이 이상적으로 흐르지 않는 세상을 증오하고, 주변을 상처 입히지. '창왕'이 그랬어. 이상적으로 살거나 올바르게 살아가려고 했을 때, 상처를 입는 건 주변의 약한 사람들이야."

다자이의 시선은 저 먼 곳 어딘가를 향해 있었다.

"올바른 것을 추구한다는 말은 칼날과 같아. 그건 약한 자를 상처 입힐 뿐, 지키고 구해 줄 순 없어. 사사키 씨를 죽인 건―― '창왕'의 올바른 심성이야."

다자이의 그 말은 그대로 나를 날카롭게 파고들었다.

올바르고 이상적인 세계를 추구해 왔다.

이상을 실현시키기 위해 모든 어려움을 피해 왔다.

"구니키다. 자네가 그대로 이상을 추구하고, 이상을 좀먹는 자들을 계속 배제하는 한, 언젠가 자네에게도 '창왕'의 불꽃이 깃들겠지. 그리고 주변을 불태울 거야. 나는―― 그런 사람을 몇 명이나 보아 왔어."

다자이의 시선은 다른 사람은 볼 수 없는 무언가를 향해 있었다.

그 시선은 나로서는 이해할 수 없는 인간의 어둠, 이 세상의 깊은 밑바닥을 바라보고 있었다.

"나는――."

나는 다자이에게서 손을 놓았다.

다자이가 무슨 말을 하려는지 잘 안다.

올바름이란, 밖에서가 아니라 자신의 마음속에서 추구해야 하는 것인지도 모른다.

하지만──.

사사키 여사는 죽었고, 로쿠조 소년도 죽었다.

자신의 마음속에서 올바름을 추구해 봐야 돌아오는 것은 무력감뿐이다.

"……."

폐병원의 창문으로 밖을 내다보았다.

폐허가 된 앞마당에서 붉은 피안화가 흔들렸다.

눈을 감아도 그 붉은색은 사라지지 않고 눈꺼풀 뒤에 남았다.

미소를 지은 그녀의 얼굴도.

막간 2.

황혼.

요코하마의 항만이 내려다보이는 연안 도로에 자동차가 한 대 넘어져 불타고 있었다.

군경의 호송차다. 살해당한 호송 헌병 둘은 자동차에 걸려 흔들리고 있었다.

"그, 그만둬. 왜, 왜 너희 마피아가 나, 나를."

살아 있는 사람은 둘.

한 사람은 무기 상인인 청년. 체포되어 군경 기지로 호송되는 길에 습격당해 부상을 입었다.

"왜냐고? 이유를 묻는 것인가, 무기 상인? 어리석긴."

또 한 사람은 검은 그림자. 굼실거리는 외투를 걸치고 청년에게 가까이 다가가는 아쿠타가와였다.

"네놈들은 우리 포트 마피아를 우롱했다. 장기를 파는 운전사에 관한 정보를 일부러 흘려 포트 마피아가 그를 처리하게 만들려고 했다. 자신의 이익을 위해 마피아를 속여 움직이려 하는 자는 지금까지 반드시 제압해 왔다. 지금이 바로 그 순간이다."

아쿠타가와의 검은 구두가 앞으로 나아갔다. 청년이 엉덩

방아를 찧었다.

"아, 아무도아무도 나를 처분할 수 없어! 죽어라!"

청년이 팔을 들자 아쿠타가와의 피부에 문신 같은 문양이 떠올랐다. 숫자는 '21'.

청년이 계속해서 팔을 내렸다. 아쿠타가와가 뒤로 '가속' 하여 멀리 날아갔다.

하지만.

"아니——?!"

아쿠타가와는 뒤로 날아갔지만, 부드럽게 멈춰 서며 천천히 원래 위치로 돌아왔다. 얼굴빛 하나 변하지 않았다.

"겨우 그 정도인가."

아쿠타가와의 외투는 무수히 많은 검은 침이 되어 지면에 박혔고, 그것이 쿠션처럼 아쿠타가와의 몸을 지탱해 충격을 완화시킨 것이다.

그에 응수를 하듯이 아쿠타가와가 '라쇼몽(羅生門)'을 나타나게 했다.

외투에서 생겨난 검은 짐승 두 마리가 무기 상인 청년을 향해 쇄도해 들어갔다. 청년은 피하려 했지만 결국 피하지 못하고 검은 짐승의 날카로운 턱에 갈기갈기 찢겨졌다.

청년은 검은 짐승에게 물어뜯기고 갈기갈기 찢겨져 고통스럽게 절규하는 가운데 무수한 고깃덩이가 되어 죽음에 이르렀다.

아쿠타가와는 여전히 태연한 표정으로 그 모습을 계속 가만히 바라보았다.

"굉장하군. 식욕이 없어지는 광경이다."

아쿠타가와가 뒤를 돌아보았다. 사람.

말보다도 먼저 아쿠타가와가 '라쇼몽'의 검은 칼날을 사출했다. 사람의 목을 향해서 철도 찢어 내는 검은 칼날이 날아갔다.

하지만 사람의 목에 칼날이 닿으려고 하는 순간, 충격.

뭔가 보이지 않는 힘이 발동해 검은 칼날을 튕겨 냈다.

검은 칼날은 목의 피부를 살짝 스쳤을 뿐. 이능력을 이용한 방어였다.

"갑자기 공격하지 마. 장사 상대잖아?"

"네놈들도 포트 마피아를 움직여 이득을 얻는 괘씸한 녀석들임에는 변함이 없다."

아쿠타가와의 눈앞으로 남자가 다가왔다.

검은 모자를 쓴 백인. 장년의 남자.

다자이와 구니키다가 대사관에서 대면한 미국 첩보원이었다.

첩보원은 목을 긁으면서 아쿠타가와에게 가볍게 말을 걸었다.

"그건 오해지. 나는 이른바 클라이언트잖나. 당신들 마피아는 그 무기 상인을 대신해 무기 거래를 위한 해외 유통로를 손에 넣은 거 아닌가. 우리는 자국의 불법 수출업자가 일본에서 문제를 일으키는 걸 저지한 거고. 멋진 거래군. 도둑 취급은 그만둬 줬으면 하는데."

"네놈들 첩보원은 속이고 부추기는 게 상투 수단이다. 이 사건에 손을 댄 것도 다른 꿍꿍이가 있기 때문일 게 틀림없다."

"그야 있지. 하지만 걱정 말아. 이제 끝났으니까."

첩보원은 웃으며 계속 말했다.

" '창왕' 사건이 일어났을 때는 우리도 얼굴이 새파랗게 질렸었지. 왜냐하면 '창왕' 이 단죄한 여당 의원은 우리가 약점을 잡고 이용해 왔던 불법 협력원이었거든. '창왕' 은 그 사실을 몰랐겠지만, 사건이 오래 지속되면 꼬리가 잡히고 말지. 그래서 우리는 '창왕' 이 될 수 있으면 이 세상을 하직해 주길 바랐어. 그 때문에 우리는 비밀리에 사건을 조사한 뒤 '창왕' 의 은신처를 탐청사에 몰래 알려줬지. 물론, 정보원은 위장을 해서 말이야. 이어서 시 경찰의 조사 본부에는 잘못된 정보를 흘려 지시 계통을 혼란시켰지. 노림수대로 '창왕' 은 몇 안 되는 경관에게 포위되어 자폭해서 죽었다. 이걸로 진상은 어둠 속. 흉악범도 죽고, 모두가 행복해진 거지."

아쿠타가와는 첩보원의 말을 듣고 잠시 생각한 뒤 입을 열었다.

"무기 상인 제거는 어쨌든, 해외의 첩보 조직이 비밀을 유지하기 위해 일본의 테러리스트를 죽였다고는 생각하기 어렵다. 왜지?"

"아, 그쪽 건은 정부의 첩보 조직으로서 움직인 게 아니야. 나는 다른 조직에도 몸을 담고 있거든. 그쪽 일 때문에 움직인 거지. 길드라는 조직 말이야."

"이중 스파이인가. 진부한 내부 사정이군."

"부업이지. 길드의 구성원은 모두 평범한 직업도 가지고 있거든."

첩보원은 발걸음을 돌려 떠나갔다.

"마피아에게는 또 일을 부탁할지도 몰라. 그때는 잘 부탁하지."

아쿠타가와는 날카롭게 첩보원의 등을 바라보았다.

"기다려라! 한 가지 묻고 싶은 게 있다."

아쿠타가와의 말을 들은 첩보원이 발을 멈췄다.

"나는 한 인물을 찾고 있다. '닿으면 상대의 이능력을 무효화하는' 이능력을 지닌 남자다. 짚이는 데는 있나?"

"미안하지만 없군."

"그럼 어서 꺼져라."

"지금 가고 있어."

다시 걷기 시작한 첩보원은 어둑한 땅거미 속으로 사라졌다.

"──당신은 어디에 있지? 왜 갑자기 사라졌나?"

아무도 없는 길 위에서 아쿠타가와가 혼잣말을 했다. "'창왕'이 당신이 아닌가 순간 의심했다. 하지만 아니었다. 어디에 있지? 당신이 죽었을 리가 없으니 말이야. 이 요코하마의 어딘가에 살아 있겠지."

아쿠타가와의 말은 황혼의 바닷바람에 실려 나오자마자 사라져 갔다.

"반드시 찾아내겠다. 나의 스승── 전 포트 마피아 간부인 다자이 씨."

에필로그

탐정사 사무실 책상 앞에 앉아 수첩을 팔락팔락 넘겼다.

"이상. 이게 2년 전 사건—— '창색 사도' 사건의 모든 것이다."

긴 이야기를 끝내고 나는 수첩을 덮었다.

"그게 구니키다 씨가 다자이 씨와 콤비를 짜고 처음으로 맡은 사건이군요."

옆에서 이야기를 듣고 있던 다니자키가 감탄하며 말했다.

"그래. 저 남자는 정말로 그때부터 전혀 변하지 않았다. 여전히 사람을 깔보는 태도에, 여전히 나에게 민폐를 끼치지. 오늘도 일이 있는데 어디 있는지 코빼기도 안 보인다. —— 나오미, 발신기의 신호는 잡히지 않는 건가?"

"결과가 나왔어요. 발신기는 12분 정도 전부터 움직이지 않고 있네요. 장소는—— 강일까요?"

강?

나오미가 펼쳐 놓은 지도를 들여다보았다.

다자이에게 준 동전형 발신기가 강 한가운데에서 정지해 있었다.

잠시 생각.

"알겠군. 그 바보 자식, 이동 중에 훌쩍 강에 뛰어들었다가, 발신기가 든 지갑을 강에 빠뜨렸을 게 틀림없다. 그리고 지갑은 강물에 쓸려 이곳에 멈췄다. 본인은 더 하류에 있겠지."

수사 중인 다자이와 휴대전화로 대화를 하는데, '좋은 강이네' 하고 통화가 끊겨 무슨 일인가 했는데──.

대체 얼마나 직장 파트너인 나에게 민폐를 끼쳐야 직성이 풀리는 거냐, 이 자살 마니아 자식.

"그 벽창호를 찾아오지. 정말로. 대체 뭐가 아쉬워서 탐정일을 하기 전에 파트너가 있는 곳을 찾아야 하냔 말이다."

"조심하세요, 구니키다 씨. 오늘은 무슨 일이죠?" 다니자키가 자리에서 일어서는 나를 보고 물었다.

"호랑이 찾기다. 요코하마를 떠들썩하게 하는 '식인 호랑이'를 포획하는 일이다."

귀찮은 의뢰지만, 그래도──.

──몇 년 안 되어, 녀석은 탐정사 굴지의 조사원이 될 겁니다.

그래도 다자이라면 쉽게 해결할 수 있겠지.

나는 수첩을 들고 탐정사를 나섰다.

해질 무렵이 되어 요코하마의 하늘은 푸른색과 붉은색으로 나뉘어 있었다.

어딘가에서 맡은 적이 있는 듯한 바람의 향기가 코를 간질여 나는 걸음을 멈췄다.

　시내를 내려다보았다.

　거리가 있고, 사람이 있고, 때로는 사건과 슬픔이 있다.

　깊은 비애와 맞닥뜨릴 때마다 내 이상은 꺾이고, 말은 의미를 잃으며 마음은 피를 흘린다.

　이상을 좇는 것은 너무나 무익하고 힘든 일이다.

　하지만, 일부러, 그래도 일부러──.

　요코하마의 혼잡함에 몸을 맡기고 나는 또 걸음을 내딛었다.

후기

처음 뵙는 분들, 처음 뵙겠습니다. 그렇지 않은 분들, 오랜만입니다! 아사기리입니다.

저는 만화 『문호 스트레이독스』의 스토리를 담당하고 있습니다. 평소에는

다자이 "여어, 아쓰시. 일 가나? 수고가 많아." 생긋 웃는 다자이.

아쓰시 "또…… 입수 자살인가요?" 뭐라고 하기 힘든 표정을 짓는 아쓰시.

이런 식으로 적당히 문장을 쓰면, 작화를 담당하시는 하루카와 산고 선생님이 아주 생생하게 캐릭터의 모습을 그림으로 표현해 주십니다. 그래서 아주 편합니다.

그런데 이번 작품은 다릅니다.

제가 모든 문장을 책임지고 집필하고, 무대의 모든 것을──책상의 컵 하나부터 거리의 아저씨 한 사람까지── 감수하고 조절하고 지배하여 쓴 것이 바로 이 소설입니다.

예를 들자면, 만화에서는 하루카와 선생님이 '배우', '카메라맨', '음향', '조명', '장면 편집' 등을 전부 담당하고,

저는 기껏해야 각본과 감독 조수 정도였습니다.

그런데 이번엔 모두 제가 담당했습니다. 엄청난 발탁입니다. 책임이 중대합니다. 일이 너무 중대한 데다 첫 소설 집필이라는 중압감 등으로, 제 몸은 휴대전화의 매너모드처럼 계속 떨리기만 했습니다.

하지만 그렇게 몸을 떤 덕분에, 어떤 의미에서는 만화보다도 농후한 『문호 스트레이독스』의 세계관을 만끽할 수 있는 내용으로 완성되었다고 생각합니다.

이 소설은 만화 『문호 스트레이독스』의 2년 전을 그린 외전적 작품입니다. 하지만 예비지식 없이 이 소설부터 읽어도 독자 여러분이 잔뜩 긴장하고, 깜짝 놀랄 수 있도록 여러모로 궁리를 했습니다. 그리고 현재, 만화에서도 등장한 포트 마피아의 과거를 그린 소설 제2권도 예정되어 있습니다. 그 책임감과 중압감으로 지금도 저는 고타쓰의 다리가 부러지지 않을까 할 만큼 떨고 있습니다. 바닥이 꺼지기 전에 완성시킬 예정이니 기대해 주십시오.

마지막으로 만화 담당 편집자이신 가토 님, 빈즈에서 소설 담당 편집을 해 주시는 니시카와 님. 항상 스타일리시한 표지와 삽화를 그려 주시는 하루카와 선생님(선생님이 그려 주시지 않았다면 이 작품은 『문호 스트레이독스와 비슷한 아류작으로 보이는 무언가』로 끝나 버렸을 겁니다!). 광고, 유통, 서점의 많은 분들, 그리고 지금까지 읽어 주신 독자 여러분!

정말로 감사합니다.

　다음 작품으로 찾아뵙겠습니다.

　아사기리 카프카

문호 스트레이독스 다자이 오사무의 입사 시험 〈1〉

2016년 03월 25일 제1판 인쇄
2023년 03월 15일 제12쇄 발행

지음 아사기리 카프카 | **일러스트** 하루카와 산고

옮김 문기업

펴낸곳 영상출판미디어(주)
등록번호 제 2002-000003호
주소 07551 서울특별시 강서구 양천로 570 NH서울타워 19층
전화 032-505-2973(代)

ISBN 979-11-319-4231-4
ISBN 979-11-319-4230-7 (세트)

BUNGO STRAY DOGS volume 1 Dazai Osamu no Nyuushashiken
ⓒKafka ASAGIRI 2014 ⓒSango HARUKAWA 2014
Edited by KADOKAWA SHOTEN
First published in Japan in 2014 by KADOKAWA CORPORATION, Tokyo
Korean translation rights arranged with KADOKAWA CORPORATION, Tokyo.

노블엔진(NOVEL ENGINE)은 영상출판미디어(주)의 라이트노벨 및 관련서적 브랜드입니다.

• • •
NOVEL ENGINE

아사기리 카프카
작품리스트

◆

문호 스트레이독스 1

NOVEL
NE
ENGINE

청춘의 상상, 시동을 걸어라!

Re : 제로부터 시작하는 이세계 생활
7

초판한정 특별부록
고급 일러스트 책갈피

Illustration : Shinichirou Otsuka
© Tappei Nagatsuki 2015

거듭된 죽음에 한 번 마음이 꺾였으나, 그래도 렘의 말에 재기를 맹세한 나츠키 스바루. 에밀리아를 구하기 위해, 스바루는 『사망귀환』한 기억을 살려 왕선(王選) 후보자인 크루쉬아 아나스타시아를 끌어들이고, 마수 『백경(白鯨)』을 토벌하러 나선다.

400년의 긴 세월에 걸쳐 세계에 고통을 안겨준 『안개』의 마수 토벌—— 수인 용병단 『철 어금니』, 백경에 대한 복수에 열광하는 역전의 병사들이 모여드는 가운데, 목 놓아 기다리던 기회를 맞은 한 검귀가 환희한다.

"——내 아내, 테레시아 반 아스트레아에게 바친다."

대인기 인터넷 소설, 격투와 활극의 제7막.
그것은 사랑과 검에 인생을 바친, 한 남자의 삶.

나가츠키 탓페이 지음 | 오츠카 신이치로 일러스트 | 정홍식 옮김

이벤트 대량 발생!
소녀들의 투쟁심이 폭발하는 시리즈 제7권!

공전마도사
후보생의 교관
7

초판한정 특별부록
고급 일러스트 책갈피

공전마도사에게, 동료와의 유대는 피보다 진하다. 그렇기에 멤버를 구하는 기회는 공평하게 주어진다. 그 중 하나가 전교 교섭권 획득대회. 스카우트 대상을 자신의 소대에 임시로 입대시키는 이 행사도, 지금에 와서는 짝짓기 술래잡기 행사로 변했는데……?

"나를 잡으면, 뭐든지 들어줄게."

"저, 정말로……?!"

배신자와 낙제생 소녀들의
학원 배틀 판타지! 제7탄!

© Yuu Moroboshi, Mikihiro Amami(Aquaplus) 2015
KADOKAWA CORPORATION, Tokyo.

NOVEL ENGINE 　**모로보시 유우** 지음 | **아마미 미키히로**(아쿠아플러스) 일러스트 | **이승원** 옮김
청춘의 상상, 시동을 걸어라!

행운과 운명, 우연과 필연의 소용돌이 속에서
마음이라는 이름의 기적이 이루어낸 그 종착지.

불행소녀는 지지 않아!

6

초판한정 특별부록
고급 일러스트 책갈피

한 소녀가 있었다——.
아름다운 외모와 마음씨의 소유자였던 소녀의 단 한 가지
의 문제는, 운이 나쁘다는 것이었다.
한 소년이 있었다——.
남들보다 운이 좋았던 소년은 특유의 낙천성으로 상냥한
마음씨를 가지고 있었다.
그리고, 두 사람의 이야기가 시작되었다. 행운과 불운이
뒤엉켜 이해할 수 없는 사태가 연이어 두 사람을 덮쳤다.
하지만 소년은 소녀를, 소녀는 소년을 좋아했다. 난관을
헤쳐나갈 수 있었던 것은 혼자가 아닌, 서로 좋아하는 두
사람이기에 가질 수 있었던 인연의 힘이었다.
그러나 신의 장난으로 세계는 아주 조금 바뀌었다——모
두의 기억 속에서 소녀가 지워졌다.
불행, 그 타고난 운명과 싸우던 두 사람은 최대의 위기
를 맞이했다.

**비주얼 노벨 〈포춘 하모니〉의 원작소설!
「제4회 노블엔진 대상」 우수상 수상작.
불행소녀와 강운소년의 비일상계 청춘난장, 그 대망의 완결권.**

 LawBeast 지음 | 영인 일러스트
청춘의 상상, 시동을 걸어라!

무예에 몸을 바친 지 백여 년, 엘프로 다시 하는 무사수행
3

초판한정 특별부록
고급 일러스트 책갈피

무사수행을 위한 여행 도중, 오랜만에 알파레이아를 방문한 슬라바 일행은 시지마류를 사용하는 소녀 레티스와 만난다. 젊고 재능 있는 그녀를 본 슬라바는 격전을 꿈꾸지만, 레티스는 그런 그를 향해 연심을 품기 시작하고……. 게다가 아르마와의 우연한 재회도 더해져 슬라바 쟁탈전이 격화될 조짐이──?!

한편, 은밀히 다가오는 새로운 싸움의 그림자. 갑자기 왕도를 덮친 의문의 테러리스트들! 세리아를 구하기 위해 분투하는 슬라바 일행의 앞에 나타난 것은, 예전에 실력을 겨루었던 바로 그 강자였다──!!

**진정한 「최강」을 목표로 하는 소년은,
타락한 친구를 위해 궁극의 일격을 해방한다!!**

아카시 칵카쿠 지음 | **bun150** 일러스트 | **손종근** 옮김
청춘의 상상, 시동을 걸어라!

세계 종언의 세계록
앙 코 르
-치천(熾天)의 여신-

3

초판한정 특별부록
고급 일러스트 책갈피

Illustration : Haruaki Fuyuno
© Kei Sazane 2015

렌의 파티, 「재림의 기사」는 용제 카르라와의 격전을 거치고, 세계록이 있는 곳을 추측하고, '그곳'의 봉인을 풀기 위해 천계를 다스리는 여신 레스프레제의 어전으로 여행을 떠난다. 같은 시기, 세계 최대의 여단 「에르메키아 더스크」가 천계 침략을 획책. 나아가 성녀 에리에스와 검성 시온 등의 실력자는 정체불명의 불길한 위협과의 조우를 예견하는데…….

「강해지겠어. ……더는 보호만 받을 수 없어」

그 결의는 세계를 뒤흔드는 광시곡(狂詩曲)의 일부가 되어, 가짜 영용을 역사상 유일한 존재로 승화시킨다.

──왕도 판타지, 각성의 제3탄!

사자네 케이 지음 | **후유노 하루아키** 일러스트 | **이승원** 옮김